荒文野字

李有成 著

SPM
南方出版传媒
广东人民出版社
·广州·

图书在版编目（CIP）数据

荒文野字 / 李有成著. —广州 ：广东人民出版社，2016. 8
（世界华文大家经典）
ISBN 978-7-218-10820-9

Ⅰ. ①荒… Ⅱ. ①李… Ⅲ. ①中国文学－当代文学－文学评论
Ⅳ. ①I206. 7

中国版本图书馆 CIP 数据核字（2016）第 074696 号

HUANG WEN YE ZI
荒文野字
李有成　著

出 版 人：曾　莹

总 策 划：肖风华
主　　编：李怀宇
责任编辑：李沙沙　罗　丹　李怀宇
封面设计：张绮华
责任技编：周　杰　黎碧霞

出版发行：广东人民出版社
地　　址：广州市大沙头四马路 10 号（邮政编码：510102）
电　　话：（020）83798714（总编室）
传　　真：（020）83780199
网　　址：http://www.gdpph.com
印　　刷：恒美印务（广州）有限公司
开　　本：889mm × 1194mm　1/32
印　　张：8　　插　页：1　　字　数：186 千
版　　次：2016 年 8 月第 1 版　2016 年 8 月第 1 次印刷
定　　价：49.00 元

如发现印装质量问题，影响阅读，请与出版社（020－83795749）联系调换。
售书热线：（020）83795240

李有成

目　录

第一辑

第二辑

第三辑

自序

过去三四十年，除了专书与学术论文之外，我还发表了不少长短不一的文字，有抒情，有叙事，也有评论，在文类上属于广义的散文，是学术著作之外另一个可以让我抒发胸臆的空间。这些散文有部分已经结集出版，另有部分则尚未成书，多半散见于杂志或报纸副刊。这次为了编选文集，我特地将这些散文重新看过，并从中挑选了三十六篇，辑成《荒文野字》一书交由广东人民出版社出版。

书名《荒文野字》固然为书中篇名之一，不过独立来看，多少也表示我对文字的基本要求，希望能够返璞归真，自然通达；而对文字背后的许多想法与看法，我更期勉自己避免矫饰，有话实说。收入这本文集的作品都是这种心境下的产物。这些作品虽然是在不同时间为因应不同场合而完成的，但是言为心声，这些作品仍然颇能反映我当下的感受与思考。像我的其他著作一样，这本文集的主要关怀是文学与文化。对我而言，文学与文化自始就是非常重要的知识形式，是我们了解世界的主要方式，我希望透过对文学与文化的讨论激发若干思考，甚至带来一些改变——改变各种形式的无知、偏执、成见、歧视、刻板印象等。

为了方便阅读，我把这些作品大致按性质粗分为三辑。第一辑八篇涉及的议题甚广，谈战争记忆，谈文化论战，也谈知识分子，这些议题大都具有公共性，至今并未过时，换了不同时空仍然不失其反思的意义。第二辑十五篇有记事，有怀人，也有我的学思忆往。这一辑诸篇所涉者多为师友，但也多与华文文学相关，其中部分更与我个人颇多牵扯，有些甚至属于“追忆逝水年华”之作，应该也不无文学与学术上的意义。第三辑十三篇全与文学创作有关，属于书评与文学评论，其中若有任何微言大义，反映的也都是我一向的文学理念与批评立场。这些作品的评论对象有中国大陆和台湾地区、马来西亚、新加坡的华文著作，读者不一定有机会全都读过，即使如此，应该也不至于妨碍读者阅读这些评论。我一方面转述了这些著作的重要内容与关怀，另一方面也透露了我对文学与评论的主要信念。

我很高兴这本文集有机会与大陆的读者见面，李怀宇先生的积极鼓励功不可没。我的助理曾嘉琦小姐不辞辛劳协助我整理书稿与校对全书，我要向她表示谢意。是为序。

李有成

二〇一五年四月二十日于台北

第一辑

伊底帕斯的伤疤

据考《伊底帕斯在柯洛诺斯》（*Oedipus at Colonus*）一剧在公元前四〇二年初演时，距其作者索福克利斯（Sophocles）去世已有三四年之久。此剧临结束前，伊底帕斯（Oedipus）痛斥前来求助的儿子波利尼塞斯（Polyneices），指责儿子不该将他逐出狄比斯（Thebes），使他沦为“被流放的人，失去城邦，让他一身乞丐打扮”。在波利尼塞斯羞愧离去之后，忽然一时雷声大作，伊底帕斯明白这是天启，知道自己时辰已到，是告别人世的时候了。他央人找来柯洛诺斯的统治者狄修斯（Theseus），并对狄修斯说：

> 我无须他人扶持，将亲自
> 带你到我必须安歇之地。
> 切勿向凡人揭露此一秘密
> 此秘密之地点或者我的行踪去向，
> 在你保家卫民时你将蒙受眷顾
> 远胜于自制的盾与邻近的盟邦。
> 但你不可亵渎那可畏的秘密言辞
> 你将独自前往那儿；
> 因为我不能向你的任何子民，或者

我自己的孩子透露你须谨守之秘密
虽然我如此深爱她们。
你只能向你选择的后嗣轻声诉说
由一代代的后嗣传承下去。
……
现在我最后一次触摸到你
因为我正接近冥府
最终阴暗之处。祝福你，我最敬爱的朋友，
祝福你，祝福你的土地和子民！

伊底帕斯双目俱盲之后离开故土狄比斯，在女儿安蒂冈妮（Antigone）的陪伴之下，在外邦流浪多年，此时正好来到柯洛诺斯。柯洛诺斯王狄修斯不仅以礼相待，而且在伊底帕斯的妻舅克利昂（Creon）——狄比斯的新统治者——逼迫伊底帕斯父女回返狄比斯时，不惜挺身护卫这对父女。狄修斯对伊底帕斯说：

像你那样，
我也曾在流放中成长，且还在外邦
与许多险恶搏斗，没有人的险恶比我更多。
因此没有一位身陷逆境的外邦人
求助于我而曾深感徒然失望，你也一样；
我自知凡夫俗子一个，我此后享有的
一切，不会多于你该有的一份。

显然，狄修斯因为也曾身为外邦人，深知外邦人流放之苦，因此以礼善待伊底帕斯父女。伊底帕斯因感于狄修斯待客之诚，竟以临终时的天机相告——这个天机连多年随侍在侧的安蒂冈妮也无法得知。他甚至在告别人世前不忘许诺，要赐福狄修斯及其子民。伊底帕斯虽然自觉“在法律之眼中”，自己既无辜也很无奈，但弑父婚母总是事实，一身罪孽却也不容争辩。此时在狄修斯的温馨体恤之下，心境竟然异常平和，并且从容接受死亡的安排。克莉丝蒂娃（Julia Kristeva）在《恐惧的力量》（*Powers of Horror*）一书中这样总结伊底帕斯的最后行动：

> 只有在外邦异国，面对外邦英雄狄修斯，他的象征性儿子，他才说出他的死亡秘密，同时将女儿托付给狄修斯。对伊底帕斯而言，这个死亡本身无论如何既非为了赎罪，亦非为了救世，只是为了施惠他人，施惠外邦人——狄修斯与雅典居民。

在《伊底帕斯在柯洛诺斯》一剧中，索福克利斯顺着伊底帕斯之意，最后让他在文本之外不知所向，神秘而终，即连安蒂冈妮要一探父亲临终之所也不可得。伊底帕斯一生命运饱受欲望与知识的摆弄，他对自己的欲望无知，犯下弑亲乱伦之滔天大罪，等到他满足了自己的知识欲望，了解自己的悲剧根源之后，只好自残双目——目盲之后反讽地正好是他的知识视野最为清明的时候。在《伊底帕斯王》（*Oedipus the King*）一剧中，索福克利斯的解决之道是克莉丝蒂娃在《恐惧的力量》一书中所说的排拒（exclusion），而且是双重排拒：

> 首先是空间上的排拒。伊底帕斯必须自我放逐，离开

其王权的适当位子，将污秽抛掷一旁，让社会契约的疆界在狄比斯永存。

同时还有视觉上的排拒。伊底帕斯自盲双目，不愿再目睹其欲望与谋杀的客体（他的妻子兼母亲和孩子的脸）而受苦。

读《伊底帕斯王》一剧，我们不难发现，伊底帕斯一生命运不仅终于排拒，其实也是始于排拒，而且这一终一始的排拒与他身上的两处伤疤有密不可分的关系。他的第一道伤疤在脚踝上。《伊底帕斯王》剧中有一场伊底帕斯与柯林斯（Corinth）信使的对话，解开了伊底帕斯的身世之谜。这位来自柯林斯的信使告诉伊底帕斯，当伊底帕斯仍在襁褓中时，他如何在山林中救了伊底帕斯一命。伊底帕斯要他提出证据：

信使

那些脚踝的节痕就是足够的证据。

伊底帕斯

啊，为何要提醒我早年的伤痛？

信使

是我解开了那根刺穿你的脚的钉子。

伊底帕斯

不错，我自婴儿时就留下那可怕的印记。

信使

所以你才取了这么一个至今仍属于你的名字。

按希腊文“伊底帕斯”（ΟΙΔΙΠΟΥΣ）即表示“刺穿脚踝的

人”，伊底帕斯为柯林斯信使——当时在山中牧羊——所救时身世不明，正好以其身上的伤疤记号为名。这个脚踝上的伤疤因此成为他的出身的符号，他的最初、也是最后的身份认同。如果把《伊底帕斯王》视为一出“谁干的”（Whodunit）类型的推理剧，这个伤疤是指向凶手，揭穿谜底，而且无法剔除的身份印记。用森纳特（Richard Sennett）在《外邦人》（“The Foreigner”）一文中的话说，伊底帕斯一生尽管流离失所，“他的身体具有他究竟‘真正’是谁的永久证据。流徙并未在这位国王的身体留下堪可比拟的印记。换言之，在涉及他的出身方面，他的移民经验无足轻重”。

森纳特的话其实是在强调伊底帕斯的脚踝伤疤所具现的归属政治。伊底帕斯虽然一生颠沛，在外邦的岁月远多于在狄比斯的时日，做外邦人的时间也比做狄比斯人的日子来得长，但他的第一个伤疤却能够峰回路转，曲折地引领他回到他的出身，找到他的根源。伊底帕斯的母亲兼妻子乔卡丝妲（Jocasta）在儿子兼丈夫的身份谜题揭晓之前，曾经无意间透露了狄比斯老王赖耶斯（Laius）如何在伊底帕斯的脚踝留下伤疤。她说：

> 至于那个孩子，他那时只有三天大，
> 当时赖耶斯将他的脚踝刺穿，以钉子
> 相串，把他交给别人
> 抛弃在那人迹罕至的山边。

在乔卡丝妲的叙事脉络里，伊底帕斯的脚踝伤疤无疑是个弃绝的符号，象征着空间的排斥、伦理的排斥：伊底帕斯从此被排拒在家园之外、归属之外。他的第一个伤疤因此是个外邦人的疤记，他必须带着他的身份、他的属性，流浪在家园之外、归属之外。伊底帕斯脚踝伤疤的这一层意义与森纳特的解释看似互相矛盾，但也并非一定如此。这个伤疤正好体现了外邦人恐怕难以避免的伦理时刻：外邦人既有所属，又无所属，在地理上，在文化上尤其如此。森纳特的诠释其实用意在描述西方文化中潜存的民族主义。他指出：

> 伊底帕斯这个伤疤在西方文化中似乎是某些洗不掉的印记根源，十九世纪会在国族的集体躯体上读到这些印记。始源成为命运。的确，回头考察我们的文明肇始之初，流亡、流离失所、移民等似乎难以跟始源与归属的印记相比拟。

不过我们别忘了，外邦人伊底帕斯回到故土之后，他已不复当年出生三天即被遗弃的婴儿，他的脚踝伤口不再，剩下的只是疤痕。他所面对的危险是：他对自己的根源一无所知，却又要追根究底。最后真相揭晓，才知道自己已经酿成大祸。外邦人伊底帕斯回返本土，但对本土所知有限，又不知谨慎行事，最后竟然必须以第二个伤疤来赎过。

伊底帕斯在知道自己已经犯下滔天大罪之后，以剧烈的手段自残双目，在身上留下第二个伤疤。上面曾经引克莉丝蒂娃的看法，视此第二个伤疤为双重排拒：空间的与视觉的排拒。这双重排拒让伊底帕斯再次沦为外邦人。再用森纳特的话说："在两次受伤之后，他已经成为其生命可以当作历史阅读的人，在此情况之下，他再次出发，像一位漫游者在世上流浪。"森纳特同时指出，“这第二个伤疤是个外邦人的印记，同时还是个道德瑕疵，因为这个伤疤无法痊愈”。

其实伊底帕斯身上的每一道伤疤都是外邦人的印记，因为每一次受伤之后，他的身份就会被换置为外邦人。像第一次脚踝被刺穿之后，他就被送到柯林斯，为柯林斯国王与皇后所收养，成为柯林斯的外邦人而不自知，所以才会因惧于神谕而仓皇离开柯林斯，最后竟铸成大错。他是错把异乡当故乡，又把故乡当异乡。第二个伤疤让他再一次离开狄比斯，经年在外邦流浪。在《伊底帕斯在柯洛诺斯》一剧中，伊底帕斯体悟到他不仅已经走到旅途的终点，他的生命旅程也即将告终。此时的伊底帕斯，就像森纳特所说的“那些摆脱周遭环境束缚的人，过着失根的生活，最后才能成而为人。他们在世上流浪，他们改变自己。他们自由自在，不再盲目参与”。

所谓“自由自在，不再盲目参与”，最后表现在伊底帕斯身上的是他的死亡。外邦人伊底帕斯选择死在外邦——柯洛诺斯这个他乡异国显然比他的故园更知道如何以待客之道相迎，狄修斯这位外邦国王显然也更懂得待客之道。德希达（Jacques Derrida）因此这么说：“（伊底帕斯）跨越边界对外邦人开口，向他们要求待客之道。”

伊底帕斯的故事是外邦人的故事，他的最后归宿在文本之外，不知所终。伊底帕斯临终赐福以礼相待的狄修斯与雅典居民。他以自己的外来属性回报主人的待客之道。他选择了他乡异国，他不再回去，因此他这位外邦人的故事也是他乡异国的故事。

二〇〇九年五月

冲绳的战争记忆

去冲绳之前，我对冲绳的了解相当有限，我唯一接触过的冲绳人是约二十年前到“中央研究院”来研究中国与琉球关系史的一位学者。我对冲绳的粗浅了解主要来自大江健三郎。大江的《冲绳札记》出版于一九七〇年，是作者早期的重要著作，大江甚至在中文版序中说这本书隐含他“一生的主题”，他在书中反复追问的一个问题是：“在日本，以及在面对亚洲、面对世界的时候，将来如何成为不靠说谎去生活的日本人?”——换句话说，日本要如何诚实面对历史的问题。

大江的《冲绳札记》在书成三十五年后却被日本政治右翼分子告上法庭，只因他在书中提到，太平洋战争末期的冲绳之战中，冲绳人民曾经被日军强制集体自杀。这个史实出于许多幸存者的证言，并非大江所捏造，因此本案在一审和二审中，大江都获得胜诉。二〇〇九年八月，大江为《冲绳札记》中文版写序时，他还在等待最高法院的最后判决。

二〇一〇年六月二十五日，我带着这样的了解从台湾飞到冲绳的那霸市，参加日本黑人研究学会与冲绳国际大学合办的学术会议。两天的会议结束之后，我和好友北岛义信教授相约参观冲绳之战的几个主要战场遗迹。六月二十八日上午九时，事先约好的计程车司机准时在饭店大厅等候。依司机的建议，今天首站是旧海军司令部战壕。这处地下战壕位于那霸市以南之丰见城附近，战壕深入地下，依山丘而建，有宽有窄，在地下纵横交错，辟有幕僚室、司令官室、医疗室、下士官兵室等，虽然这些穴室不算宽大，但是大致齐全。有一二处穴室墙上弹孔密布，为当时官兵自尽时所留。一九四五年三月二十三日，美军对冲绳本岛发动猛烈攻势，五月三十一日占领旧琉球王城首里。六月十三日，日军三十二军团司令官与六位部属饮弹自杀，六月二十三日另一司令官与参谋长双双切腹自尽。冲绳之战相当惨烈，日军采取拖延战，目的在拖住美军，为日本本土争取缓冲时间。此役冲绳居民生命财产损失惨重。据旧海军司令部战壕说明所载，冲绳战役死亡人数共二十万六百五十六人，日军阵亡者六万五千九百零八人，冲绳所属参战者、军属及平民死亡者十二万二千二百二十八人（当时冲绳县共有县民五十七万四千三百八十六人）。美军方面阵亡者有一万二千五百二十人。自四月一日至六月三十日，美国第十炮兵师团共使用了二百十一万六千六百九十一发炮弹，未爆而须处理之炮弹共一百十七万八千八百六十九发。共有约二千四百人参与旧海军司令部战壕遗骨的收纳作业。一九七〇年三月，此战壕经复原三百米后对外开放。

离开旧海军司令部后，再往南开车约十几二十分钟，我们来到糸满市参观姬百合和平纪念资料馆。这间纪念资料馆设置至今已二十年。进园处树荫浓密，左侧有一个巨大凹洞，旁有巨树，似为自然形成。姬百合之得名据说是这样的：冲绳第一女高又称“乙姬”，冲绳师范学校女子部则外号“白百合”，二校同列，因此有“姬百合”之合称。进园不远处置有一块雪白长方形纪念碑，上书“姬百合之塔”字样，其下横置一块长形黑色石碑，上刻两校冲绳之役蒙难师生姓名，这块石碑旁有一巨型橄榄枝，显然为祈求和平之象征。姬百合之塔后不远就是和平纪念资料馆，购票进门后即见有以日、英语所书设置纪念馆之缘起。依据中文简介资料，缘起之文字如下：

在九十多天的冲绳战战斗中，日美双方牺牲者达二十万余人，其中冲绳人民竟达十二万余人。

美军十分重视冲绳战，把它作为进攻日本本土永不沉没的航空母舰。日本军队则为了阻止美军踏上日本本土，把冲绳作为进行持久战的战场。在这个最高指令下，冲绳守备军以宁为玉碎、不为瓦全的精神投身于冲绳战，并动员全体县民奋力而战。

为了防备美军的进攻，冲绳守备部队对县内的女子中学生进行了护理培训。美军一登陆（日军）就把全体学生编成队，逼迫她们上战场。这样在毫无任何法律根据的状况下，强行少女们参战。

一九四五年三月二十三日深夜，两百一十九名住在女子师范学校和第一女高宿舍的全体学生和住在家里的通学生及十八名教师被派驻南风原陆军医院。其他地区也有七十九名学生和三名教师也被所在地部队动员卷入战场。

学生们只是相信祖国的胜利，在枪林弹雨中，不顾个人的安危，看护伤员，处理尸体，搬送医疗器具、药品、食粮和水，服从命令，全力以赴。

五月下旬，日本军败退到南部，南风原陆军医院和各地的野战医院也撤退到了南部。已经处于毁灭性状态的日军，在喜屋武半岛战斗中，下命令解散了学生队。

在美军严密的包围中，（日军）不允许未成年的学生们投降，他们被抛在地狱的战场上。这个解散令使学生们的处境更加悲惨，学生和教师共有两百一十九人失去了宝贵的生命。

那惨无人道、无以言状的情景已过去四十多年。但它却始终萦绕在我们的脑海里。那时的教育掩盖事实真相，夺去了人们的判断能力、思考能力及生存权利，将人们趋向死亡战场。

现在不了解战争真相的人已经超过人口的半数，战争的惨状已渐渐为人们所淡忘。可是想到我们今天还时刻受到核武器的威胁，在这种国际形势下，我们愿通过讲述自己的战争体验，将战争的真相告诉给下一代，为制止再次爆发战争而竭尽全力。

只有不断地呼吁永久的世界和平，才是对失去宝贵生命的学生和教师们的灵魂的最佳慰祭。这就是我们姬百合女子校友的心愿。承蒙县内外各同仁的善意和协助，我们在这块土地上，建立了姬百合和平纪念馆。

资料馆设置有五处陈列室。第一陈列室展示琉球人被皇民化的过程。日本明治政府趁清廷积弱，于一八七九年将琉球废藩，改制为冲绳县，之后即执行一系列的皇民化政策，包括将琉球人的姓名大和化，强制推行日语运动，甚至改变琉球人之穿着。皇民化之政策显然相当成功，以至于日军在节节败退的情形之下，仍有办法将姬百合二女校的学生军事化，并纳入作战系统中。第二陈列室为战壕内部之状况，展示当时的若干实物资料。这些实物资料包括战后曾经深埋地下四十年的医疗器具与学生使用的物品，见证学生当时的恐怖经验。第三陈列室以地图与透视镜展示南风原陆军医院与其分院撤退至南部的情形。一九四五年六月十八日夜里，姬百合女学生队接获命令解散并被驱出战壕，数日内死于枪火者在百人以上。第四陈列室的三面墙壁挂满二百多位姬百合师生的遗像，并附有牺牲经过的说明文字。青春的脸孔对人生仍懵懂无知，未成年就莫名其妙失去宝贵的生命。陈列室中间置有幸存者的证言。第五陈列室为参观者留言处。这间陈列室有一细长窗口，往外看可见中庭花园众花齐放，似乎象征姬百合少女们绽放的青春年华。

在第二陈列室一战壕口遇到一位衣着高雅的年老女士，向参观者讲解当时战壕内的情形，透过北岛义信教授的翻译，得知这位女士为宫城喜久子，现年八十一岁，为姬百合幸存者之一，当时只有十六岁，为姬百合的高中生。她被征调为学生护士，协助救护伤兵。同学多被乱弹射死，她因尸体遮掩，幸免于难。她现为姬百合和平纪念资料馆副馆长，每周数次至此向参观者讲解战争当时的惨状。她必须不时回述噩梦般的经验，痛苦不难想象。北岛教授向她介绍我的身份，宫城女士非常客气，请我们到办公室，以纪念册分赠北岛教授与我。

走出姬百合和平纪念资料馆，阳光甚烈。司机载我们到邻近的冲绳县和平祈念资料馆，资料馆外就是和平公园。此处为摩文仁之丘，原为冲绳之役的最后战场。面向太平洋有一块大石碑，上书“和平之石础”，分别以中、日、韩、英四种文字铭刻。公园与太平洋之间有一广场，中间有一水池，池中有一圆锥，水中有一亚太地图。公园为众多巨型深灰色石碑所据，并排屹立，上刻冲绳之战三个月间死亡的军民名字，密密麻麻，难以计数。除美、日军人之外，还有冲绳民众，亡者中并有台湾的中国人以及韩国人、英国人等。据日本思想史家子安宣邦在《国家与祭祀》一书的《后记》所载，死者共二十三万九千零九十二位，包括美国人一万四千零八位，韩国人三百四十一位，英国人八十二位，朝鲜人八十二位，台湾的中国人二十八位（据二〇〇四年六月二十三日止的资料，比旧海军司令部战壕说明所载者略多）。有少数民众至碑前献花悼念，似为亡者的后人。子安宣邦在《国家与祭祀》的《后记》中对此有这样的描述："在摩文仁的和平之碑前面，遗属们触摸着刻在上面的死者的名字，供奉着香火、花束。之所以这样，是因为在被轰炸、破坏使地形都发生改变的冲绳之战中，牺牲者们当中的大多数人连死亡地点也不知道，遗骨也不知去向。仅有镌刻在石碑上的名字，成为表示与死者之联系的神经纽带。"碑石之多，亡者之众，可以想见冲绳战之惨烈战况。来园者另有不少由师长带队的中小学生。我心中默祷：愿下一代不要再有战事，人类能永享和平。资料馆占地甚大，馆内也分成各陈列室，展出冲绳之战的经过与结局。展出内容颇有反战与反美军基地的意味。有一份《设立冲绳和平祈念资料馆的理念》的文字，抄录如下：

> 一九四五年三月末，历史罕见的激烈战火在冲绳诸岛蔓延开来。持续了九十天的冲绳战有如铁风暴雨般席卷了冲绳诸岛。这场战火不仅毁了诸岛，几乎所有的历史文化遗产也惨遭破坏，甚至剥夺了二十多万宝贵的生命。冲绳战是日本国内唯一的县民总动员的陆地战，也是亚洲太平洋战争中规模最大的一次战争。
>
> 冲绳战的最大特征是平民百姓的死亡人数高达十多万

人，远远超过了军人的死亡人数。死者当中，有的被炸弹炸飞了；有的被敌人追得无路可退而自杀；有的因饥饿和疟疾而倒下；有的是由于本国军队的战败而牺牲。我们冲绳县民亲身体验了在超乎想象的极限环境中，战争的不合理性及残酷性。

简直可以说，正是这场战争使冲绳县民战后在抵抗美军军事支配的重压的过程中逐渐培养了“冲绳之心”。

所谓“冲绳之心”就是尊重人性的尊严，坚决反对一切与战争有关的行为，谋求和平，格外珍惜发自善良人类灵魂深处的文化遗产。

我们深切悼念在这场战争中牺牲的诸多英灵，并把冲绳战的深刻历史教训原原本本地传递给下一代，向全世界传播我们的“冲绳之心”。为了给世界的永久和平献一份力量，我们向冲绳战的幸存者征集相关资料，设立了这个冲绳县和平祈念资料馆。

二〇一〇年六月二十八日这一天，我在冲绳所见多与战争有关，所到之处都是冲绳的战争记忆，我的内心深受冲击。战争显然没有赢家，即使战胜者也是输家，因此反战是天经地义，不需要更多理由，任何人都应该阻止战争的发生。我以为太平洋战争乃明治维新的后果，北岛教授甚表同意。明治维新其实是西方现代性的亚洲翻版，在现代化与富国强兵之后，日本于是蠢蠢欲动，向西方帝国学习，把目标瞄向羸弱的邻国。从这个角度来看，明治维新恐怕不一定值得钦羡，日本学到了西方现代性所滋生的殖民主义与帝国主义，最后也跟若干西方强权有样学样，走上穷兵黩武的道路，为亚洲各国，也为自己带来悲剧。

回到台北之后，我重读子安宣邦的《从冲绳看起》一文（刊《读书》二〇〇九年一月号）。对于冲绳的问题，子安宣邦的自我反省是这样的：“学生时代参与反战活动的我，并非对冲绳的基地问题毫无关心，但并没有深入地去了解，日本帝国残忍地在冲绳刻画了些什么。身为帝国内部的人民，视线不论是先天还是后天都受到了限制，所以很难突破认知的界限。身处于界限内部的人们总会自我满足。我并不是把这当做借口，是要拿来警戒自己。无法看到帝国的外部，是因为不承认自己是帝国的内部人民，也就是不承认自己是帝国内部的自闭者。”

大江健三郎在《冲绳札记》中说，冲绳之旅后，他“再也无法做一个天真幼稚的旅行者了”，去过冲绳之后，我深有同感。

二〇一一年三月

萨义德：一位公共知识分子

萨义德（Edward W. Said）在台湾的影响力原来主要局限在从事后殖民论述与文化批评的圈子。过去两年，台湾陆续出版了他的几部著作的中译本，他的影响力因此似有扩增之势。目前已有中译本的著作包括：《知识分子论》（单德兴译，*Representations of the Intellectual*，1994）、《东方主义》（王志弘等译，*Orientalism*，1978）、《文化与帝国主义》（蔡源林译，*Culture and Imperialism*，1993）及《乡关何处：萨义德回忆录》（彭淮栋译，*Out of Place*：*A Memoir*，1999）。这些中译本约占萨义德英文著作的四分之一，其文学批评方面的重要专著如《肇始：意图与方法》（*Beginnings*：*Intention and Method*，1975）与《世界、文本与批评家》（*The World*，*the Text*，*and the Critic*，1983）固然犹待译成中文，其他讨论巴勒斯坦文化、政治、日常生活，乃至于以巴问题的著作——如《巴勒斯坦问题》（*The Question of Palestine*，1979）、《采访伊斯兰：媒体与专家如何决定我们观看世界其他地方》（*Covering Islam*：*How the Media and the Experts Determine How We See the Rest of the World*，1981）、《和平及其不满：散论中东和平历程中的巴勒斯坦》（*Peace and Its Discontents*：*Essays on Palestine in the Middle East Peace Process*，1993），以及《和平历程的终结：奥斯陆及其后》（*The End of the Peace Process*：*Oslo and After*，2000）等——几未获得应有的重视，这或多或少也反映了台湾的对外学术与对外政策长期以来亲美偏以的习性。

萨义德著作等身，影响力初不限于学术界，其著作更是跨越学科领域，除文学与文化外，尚及于历史、音乐、人类学，以及以色列与巴勒斯坦问题等。在教学与学术研究之余，他还借助演讲台、电视、广播、报章、杂志等公共领域发言。就像语言学大师乔姆斯基（Noam Chomsky）那样，萨义德术业有专攻，在专业上固然是国际级的一方人物，他长期对以阿问题的关注、对美国外交政策的批判、对西方媒体的挞伐，更使他成为当代英语世界最重要的公共知识分子之一。要想较全面了解萨义德，显然不能只知道《东方主义》与《文化与帝国主义》等被奉为后殖民主义经典的扛鼎之作，他那些质与量皆相当可观的有关以巴问题的著述不仅为适时适地之作，更是他生命的重要寄托，也是后殖民论述的重要产业。

萨义德于一九三五年出生于耶路撒冷的巴勒斯坦基督教家庭。《乡关何处》一书为萨义德截至目前仅有的长篇回忆录，全书所叙大致为萨义德自出生以至取得哈佛大学博士学位（一九六三年）当时的生活。这是一部既感人而又格局宏大的自传，除涉及萨义德的家族恩怨外，全书由二战前后的现代中东历史大事交织而成——英国的殖民统治、战后美国的新殖民主义、以色列建国、巴勒斯坦的沦亡、一九六七年以阿六日战争、黎巴嫩内战等历史事件，这些历史事件环环相扣，至今非但余波荡漾，尘埃尚未落定，和平依然遥遥无望。走笔至此，我上网查询英国的《卫报》。二〇〇一年一月二十九日的《卫报》国际新闻版报道：以色列总理巴瑞克（Ehud Barak）鉴于二月六日该国大选在即，已片面暂停与巴勒斯坦的和平谈判。其实过去四个月双方冲突至少带走了三百七十三条性命，其中巴勒斯坦人三百一十二人、以色列人四十八人及阿裔以色列公民十三人。

萨义德的出身与他身处的历史事件对他一生的志业影响甚巨。尤其自《东方主义》以降的众多著作，一言以蔽之，无非是对阿拉伯世界历史与命运的反映与见证。巴勒斯坦沦陷之痛可以说构成了萨义德泰半著作的主题，主导了他成年后的生命志业。《乡关何处》临结束前萨义德这样写道："巴勒斯坦继续失落，就是我们和我们其他亲戚的生命的失落。一九六七年带来更多纷乱失所，在我心目中，一九六七年所体现的纷乱包摄了其他所有的失落，诸如我少年岁月和我成长的世界，我受教育的非关政治的岁月，我在哥伦比亚大学自以为超脱世事的教书和治学等等。一九六七年以后，我非复昔日之我；那场战争驱使我回头寻找那一切的起点，也就是为巴勒斯坦的斗争。"（主要据彭淮栋译文）——过去三十年萨义德勤于著述，不仅是位声名卓著的文学教授、文化批评家，更是巴勒斯坦议题在西方世界最雄辩的发言人、巴勒斯坦人利益的坚定捍卫者。

萨义德对自己身为公共知识分子的角色知之甚深。一九九三年他应英国广播公司之邀担任李思系列讲座（The Reith Lectures）主讲人，他选择了知识分子作为此系列演讲的中心议题。此系列演讲后来即以《知识分子论》一书出版。萨义德几乎是以自己量身定做，为知识分子勾勒一个鲜明清晰的面貌。他说：

我……坚决主张知识分子是社会中具有特定公共角色

的个人，不能只化约为面孔模糊的专业人士，只从事自己那一行的能干成员。我认为……知识分子是具有能力向公众以及替公众代表、具现、表明讯息、观点、态度、哲学或意见的个人。而且这个角色也有尖锐的一面，在扮演这个角色时必须意识到其处境就是公开提出令人尴尬的问题，对抗（而非产生）正统与教条，不能轻易被政府或集团收编，其存在的理由就是代表所有那些惯常被遗忘或弃置不顾的人们和议题。（主要据单德兴译文）

这样的公共知识分子显然不屑成为权力结构的一部分，其典范反而较易于流放者、业余者、边缘人中产生。

《知识分子论》系列演讲中有一讲题为《向权势说真话》，最能表现萨义德作为公共知识分子有所为有所不为的坚持。《和平及其不满》一书附录有萨义德的一篇访谈录，发表于一九九五年元月三十日在开罗刊出的报章 *Al - Arabi*。访谈者阿布都拉·阿尔—辛纳威（Abdullah al - Sinnawi）在结束其访谈时问萨义德：如果一位知识分子成为权势的一员或参与权力活动，他是否还成其为知识分子？萨义德举法国著名现代作家安德列·马劳（André Malraux）为例，认为马劳自出任戴高乐政府的文化部长之日始，即失去其真正知识分子的身份。在他看来，“知识分子的角色是对权势说真话，在每个社会中毫不虚伪地对中心的权威说话，并且选择最能达成这些目的的方法、风格、批判。之所以这样是因为知识分子成就一种表现……其主要目的不仅在表达风尚或某些转眼即逝的流行事物，而是要表达真正的理念与价值。这对置身权势的内部——如马劳者——是无法表达的”。

也许是基于知识分子这样的信念，一九九三年九月十三日巴勒斯坦解放组织和以色列在华府签订《奥斯陆协定》（Oslo Accords）之后，萨义德由于对此协定深为不满，竟不惜与巴解主席阿拉法特（Yasir Arafat）割袍断义。萨义德多年来协助阿拉法特，由于地利之便，等于巴解组织派驻纽约的发言人，长期为巴勒斯坦的命运奋斗不懈。他同时自一九七七年即成为巴勒斯坦国民议会的一员，直到一九九一年初秋为止。萨义德与阿拉法特和巴解的决裂多半出于理念：一九八〇年代末期，萨义德发现巴解的利益已为组织中一群小资产阶级所垄断，而且这群人在意识形态上相当仰赖美国；巴解组织因此脱离市井街头的巴勒斯坦人愈来愈远。在萨义德看来，《奥斯陆协定》无疑是巴勒斯坦人的《凡尔赛和约》，巴勒斯坦人失去的比获得的来得多，甚至可能断送其政治自由与独立建国的权利。在《奥斯陆协定》之后，萨义德不断透过文章、访谈、演说，对阿拉法特及巴解组织大加挞伐，表示异议。向权势说真话当然要付出代价，萨义德的生命甚至因而受到威胁，他的头颅其实一度价码不低。美国的若干文学学术期刊甚至曾经对此发表严正声明，出面为萨义德表示抗议。类似的行动其实萨义德也曾有过。一九八九年世人见证了柏林围墙的倒塌，但一九八九年也是南亚裔英国作家鲁西迪因《魔鬼诗篇》被控亵渎伊斯兰教先知莫哈默德而遭伊朗宗教领袖柯梅尼下达格杀令的一年。此事令国际舆论哗然，认为伊朗严重侵犯人权，但也引起许多国家伊斯兰教徒的支持。萨义德虽为巴勒斯坦人，却甘冒得罪伊斯兰教世界之险，在报章执笔为文，仗义为鲁西迪辩护，伸张人权及言论自由。

诚然，对萨义德而言，当代知识分子最重要的角色其实正是“保卫表达的自由，因为知识分子的角色存在于语言”。在接受阿布都拉·阿尔—辛纳威的访问时，萨义德特别指出，“加诸我们的语言是社群和家园的语言。这种语言充满了各种压力，诸如共识、民族主义、权力、无意义的声音，以及一大串空洞的口号”。萨义德反本质主义的立场至为明显。这样的立场，对任何只知强求共识、权力至上，或民族主义无限上纲的社会来说，都有澄清的作用。萨义德心仪像印度泰戈尔或古巴荷西·马提（Jose Marti）之类的知识分子，不因己身的民族主义而减少批评。其实对照他对阿拉法特与巴解组织的批判，泰戈尔与马提的作为不正是巴勒斯坦之子的萨义德自身的写照吗?

一九九九年

鲁西迪

我最早读到的鲁西迪（Salman Rushdie）的小说是《午夜之子》（*Midnight's Children*），那是一九八〇年代初；应该是受到布克奖（Booker Prize）的影响，我才会注意到这部小说——《午夜之子》获得了一九八一年的布克奖，一九九三年又膺选为布克奖之冠（the Booker of Bookers），即布克奖开办二十五年来最优秀的得奖小说。一九八〇年代初我仍沉湎于形式主义的文学理论，希望从本体去了解文学事实和文学经验，所涉猎的主要是俄国形式主义、布拉格语言学派、巴黎结构主义与后结构主义之类的理论，这些理论大致上一脉相承，彼此之间多少有其谱系上的关系。至于形式的意识形态内容则是稍后才有的体认。当时我尚无缘认识与后殖民主义相关的批判计划，因此也就无从将《午夜之子》与后殖民论述相提并论，或者把这部小说置于第三世界的脉络来了解。我初读后的印象是，这是一部了不起的小说，作者将个人与家国的命运——主角诞生的午夜也正是印度宣告独立的时刻——紧密联结在一起，多重叙事，枝节旁生，极具巧思。后来我读到詹明信（Fredric Jameson）论第三世界文学的论文，才发现鲁西迪这本小说其实也可以纳为詹明信所说的国族寓言（national allegory）。整部小说的史诗格局使之气势磅礴，我对弥漫其中的历史意识尤其印象深刻。这二三十年来我陆续读了一些当代英国小说，《午夜之子》无疑仍是我心目中最值得一读的小说之一。

往后几年，我为了研究非裔美国文学，自己摸索接触了弱势族裔论述（minority discourse），也连带零星读到一些后殖民主义的论文，并且开始反省形式主义力有未逮的地方。一九八八年我刚好获得一笔奖助金，到美国杜克大学进修，为了弥补自己在理论方面的不足，这一年我主要跟随詹明信研读法兰克福学派，另外在罗曼斯语学系跟一位法国学者修习符号学方面的课程。我在杜克大学的图书馆有一间小研究室，除了上课，我大部分时间都躲在小研究室里读书。小研究室附近的书架尽是中东、非洲及加勒比海文学方面的藏书，有时候看书累了，我就在书架间东摸西找，或者随意抓起一两本诗集，在沙发上漫无目的地轻声朗读。这样读书不带功利，心情相当轻松，同时也渐渐体会到第三世界繁复多样的文学传统。

初到杜克大学，我就在学校的书店买了一本萨义德（Edward W. Said）的《东方主义》（*Orientalism*），花了几天工夫，一口气读完全书，这大概是我较有系统地阅读后殖民主义的开始，算算也已经是二十年前的事了。接下来的一整个学年，我陆续读了法农（Frantz Fanon）、塞杰尔（Aimé Césaire）、孟密（Albert Memmi）、兰姆明（George Lamming）、詹姆士（C. L. R. James）等人的部分著作。我认识宗教系的一位英国教授，我们偶尔一起逛书店，听演讲；他是詹姆士专家，我就在他的引介之下亲近詹姆士。我尤其爱读詹姆士所写的有关板球的文章。詹姆士是位资深球评，从一九三〇年代初一直写到一九八〇年代，积半个世纪的经验，而且不时把板球摆在殖民情境与阶级脉络中讨论，令我大开眼界，也让我不时回忆少年时代在槟城读书时，午后经常在修道院女校对面草地观看板球比赛的情形，同时了解到球类也可能隐含相当复杂的意识形态意涵。这个时候我逐渐意识到我正在调整自己的批评视角。

一九八八年鲁西迪推出他的第四本小说《魔鬼诗篇》（*The Satanic Verses*），因为小说中的若干章节，被保守的穆斯林认为有辱伊斯兰教的先知莫哈默德，造成轩然大波，世界各地的穆斯林群起抗议，甚至集会焚书，当时伊朗的伊斯兰教精神领袖柯梅尼就在一九八九年二月十四日下达格杀令，悬赏百万美金要取鲁西迪的性命，这就是日后大家所熟知的“鲁西迪事件”（the Rushdie Affair）。这个事件当然让举世哗然，尤其是西方世界，许多人认为这是一件违反言论自由、戕害基本人权的事。有一天午后，我在校园内等候校车，遇到住在同一个社区的一位埃及学者，我们很自然聊起这件事。埃及学者的反应倒是在我的意料之中。他谴责鲁西迪不应该侮辱先知莫哈默德，何况鲁西迪本人出身伊斯兰教家庭。我很识趣，没有追问他是否读过鲁西迪的小说。其实事件发生之后一时风声鹤唳，若干贩卖这本小说的书店被焚，小说的译者甚至招致攻击或杀害。因此有相当长的一段时间，许多书店是买不到《魔鬼诗篇》的；为了避免麻烦，书店宁可放弃这本小说。我是在三年后到宾州大学做研究时，才在学校附近的书店买到一本平装本，封底有一幅鲁西迪笑容可掬的半身独照，封底内页还印有国际保卫鲁西迪委员会（the International Rushdie Defence Committee）的组织结构和会址。一位信奉伊斯兰教的非洲朋友善意地提醒我，千万不要在公共场所阅读这本小说，以免招惹不必要的麻烦。

我出生在一个以伊斯兰教为国教的国家，童年时代，左邻右舍有不少马来人伊斯兰教徒。在我老家数百米之外有一座伊斯兰教礼拜堂，自我记事开始，每天清晨都会从礼拜堂传来《古兰经》的吟诵声，音阶高亢，婉转有致，我知道伊斯兰教徒正在晨祷。有时候我躺在床上，静静倾听晨祷的吟唱声，虽然对晨祷的内容一无所知，但却觉得那些吟唱幽暗而神秘。这是我至今仍然印象深刻的童年记忆。这些年来我只要翻阅《古兰经》，仿佛还会听到晨祷的吟唱声。礼拜堂后方是伊斯兰教坟场，只有简单的木制墓碑，没有华丽夸张的雕饰。偶尔有伊斯兰教徒的送葬队伍经过，木板并成的棺木相当简朴，由数人高抬着缓慢行进，没有音乐，没有号啕大哭，送殡的人多半神情哀戚而抑制。我不止一次躲在大门边，探头看着这样的队伍默默走过，心中不知所以然。一直要到很多年后，我才了解伊斯兰教主张薄葬，因此我至今常常还会将伊斯兰教和墨家联想在一起。

这些童年时代的印象让我无法理解，一位穆斯林——尽管贵为宗教精神领袖——何以会那么痛恨另一位穆斯林，甚至必须将他置于死地？就像我难以了解，今天的伊拉克已经沦为次殖民地，家国破碎，许多人民流离失所，何以什叶派和逊尼派的穆斯林还要亲痛仇快，互相厮杀，而且几乎无日无之？他们信仰的不是同一个宗教吗？他们尊奉的不是同一位先知吗？我不记得自己如何回应那位埃及学者对鲁西迪的抨击。那时候我尚未读过《魔鬼诗篇》，甚至不清楚涉及侮辱先知莫哈默德的是哪些章节或段落。我的出生环境和成长经验教会我，对身份认同的类别要保持敏感，对别人的种族和宗教尤其要心存敬意，不要轻浮而随便加以揶揄。因此二十多年来我研究族裔文学，对那些不时算计以仇恨语言操弄族群议题而谋取利益的政客，始终深感不耻与鄙视，总觉得这种人内心深处必然潜留着堕落与败德的阴暗角落。

这以后的许多年，鲁西迪在英国警方的严密保护下继续勤于写作，创作力相当充沛，小说与批评文集陆续出版，尤其是文集中的许多文章，不仅让我更了解他的小说，也让我掌握了后帝国和后殖民文学的主要关怀与面向。后来年老力衰的柯梅尼逝世，伊朗逐渐变成一个较为世俗化的国家，在拖延多年之后，为了与英国恢复邦交，于是宣布终止对鲁西迪的格杀令，鲁西迪也渐渐增加对外的活动。只不过没多久伊朗又昭告天下，对鲁西迪的格杀令依然有效。

二〇〇一年的“九一一”恐怖袭击发生后，许多人——不一定只有纽约人——都有自己的“九一一”。我的“九一一”与鲁西迪有关，其实那是“九一一”发生前四天的事。那时我和同事单德兴都在纽约，德兴告诉我，九月七日下午三点，鲁西迪将在纽约大学附近的邦诺书店（Barnes and Nobles）演讲，约我一起去听讲。我对作家的演讲向来兴趣不大，因为所谓的演讲多半是朗读自己的作品，而且主要是为了促销新作。不过这次鲁西迪的情况不同。他的小说《愤怒》（*Fury*）刚刚出版，演讲自然也是促销活动之一，最后大概是以朗读小说的章节终场。我对他的演讲虽然期待不高，可是我想看看演讲现场的情景。

九月七日那天下午，我们提早半个小时抵达邦诺书店，书店并无演讲厅，只在店面中央排上约一百张椅子，尽管我们早到，可是早已座无虚席，我们只好在书架间站着耐心等候。快到三点钟的时候，忽然一阵骚动，我看到鲁西迪在几个壮汉的簇拥下，快步走了进来。他到台前坐定后，邦诺书店的一位女士做了简单的开场白，而且特别强调，这不是签书会，演讲结束后鲁西迪不会留下来为读者签名。果然不出我所料，鲁西迪站上台后，就告诉听众他将朗读小说《愤怒》中的某一章。我那时尚未读过《愤怒》，对内容一无所知，因此对鲁西迪选择朗读的情节体会不多，只约略知道这部分的情节涉及纽约，而且部分对话幽默有趣。鲁西迪是一位优秀的朗读者，擅于控制音调，英语发音优美。他生于孟买，少年时代移居巴基斯坦，虽有三位姊妹，却是家中独子，父亲经商，母亲任教职，家庭相当富裕，父母亲于是把他送到英国，就读著名的拉格毕中学（Rugby School）。这是一间收费昂贵的寄宿学校，创立于一五六七年，已有四百多年的历史，橄榄球（rugby）即发源于此，也因此而得名。鲁西迪中学毕业后进入剑桥大学的国王学院修读历史，数十年出入于英国社会的中上阶层，他的英语已少有印度人的口音。

鲁西迪朗读了一个小时，气氛相当热烈，有些听众可能已经读过小说，听他朗读，心领神会，颇有反应。在宾州大学研究的那一段时间，有一次我去参加俄国诗人叶夫杜申科（Yevgeny Yevtushenko）的朗诵会。叶夫杜申科是我很喜欢的一位当代俄国诗人，平时只能读读他的诗的英译，听他亲自以俄语朗诵诗作，极为难得。尽管无法了解诗的内容，可是叶夫杜申科语调自然，抑扬顿挫，恰到好处，或哀伤，或愤怒，竟然收放自如，我第一次直接感受到诗的惊人气势。后来换了译者朗诵他的英译，虽然英译白纸黑字，内容不难掌握，但是英译者的朗诵平铺直叙，语调少有变化，没有感情，整个效果反而不如叶夫杜申科的俄语朗诵。小说的朗读和诗的朗诵当然不同，整体而言，鲁西迪的朗读颇为成功。只不过在他朗读结束之后，就跟来时一样，他在同一批壮汉的保护之下，像一阵狂风刮过，飘然而去。格杀令的阴影显然还在，他对自己的人身安全仍然不敢掉以轻心。

第二天我就离开纽约，飞回台北。三天后，我坐在家中客厅，电视上英国广播公司直播纽约世界贸易中心——尤其是第二栋大楼——的恐怖袭击，我心中一直想着鲁西迪几天前朗读小说的情形。不久，电视新闻播报说整个恐怖袭击与伊斯兰教的激进组织有关，我更隐约觉得格杀令与恐怖袭击似乎有某种逻辑上的关联。——恐怖袭击算不算是大规模的集体格杀令？

“九一一”改变了整个世界的地缘政治，也改变了某些国家对安全的思考，甚至使这些国家陷入武力迷信与善恶二元的极端宗教思维中，致使在言论自由与人权维护的实践上向后倒退。“九一一”之后，除了因为公务曾经过境达拉斯和洛杉矶外，我就没有再去美国。等我再一次看见鲁西迪时，已经是二〇〇五年的夏天，刚好我在伦敦。这一年曼布克奖（Man Booker Prize）——即原来的布克奖——宣布初选入围书单，鲁西迪的新作《小丑萨利玛》（*Shalimar the Clown*）名列其中。二〇〇五年的曼布克奖特别热闹，竞争相当激烈，入围初选的小说家许多都是一时之选，除鲁西迪外，还包括曾获诺贝尔文学奖的柯慈（J. M. Coetzee），以及巴恩斯（Julian Barnes）、石黑一雄（Kazuo Ishiguro）、麦克尤恩（Ian McEwan）、札蒂·史密斯（Zadie Smith）、班维尔（John Banville）等的新著。

这一年夏天我只在伦敦停留约两个星期，就在离开伦敦的那个上午，我路经皮克狄利街（Piccadilly Street）的赫查斯（Hatchards）书店，看见书店大门外有两位健壮的年轻警察正在值勤。伦敦的地铁和公车在两个月前才遭遇恐怖袭击，警力明显增强，但警察在书店门口站岗还是颇不寻常。赫查斯是间人文气息甚浓的中型老书店，创立于十八世纪末年，已有两百多年的历史，除被指定为皇室选书外，还经常举办作家的签书会。我停下脚步，好奇地问那两位警察：书店里面发生了什么事？“鲁西迪先生在里面为读者签名。”其中一位这样回答我。

我走进书店，不算大的店面有二三十个人正在排队，人手一册拿的都是精装本的《小丑萨利玛》，几乎排到门口。我没有加入排队的行列，因为在离开台北之前，我已在一〇一大楼的 Page One 书店买了一本精装本，还来不及阅读就飞到伦敦来。我顺着队伍趋向前去，看见鲁西迪坐在最里面的一张小书桌旁，正在振笔疾书，为读者签名，不时还抬起头来和读者寒暄。一位年轻的店员在一旁帮忙，神情颇为警觉。

我没有久留即离开书店，心想鲁西迪其实还没有获得真正的自由——至少免于恐惧的自由。《小丑萨利玛》中遭到刺杀的前美国驻印度大使欧富尔斯（Max Ophuls）相信：“没有所谓绝对的安全这回事。……安全是百分比。从来就没有什么事是百分之百的。”恐怕这也是鲁西迪的夫子自道。

九月八日，曼布克奖宣布决选书单，《小丑萨利玛》并未包括在内，柯慈、麦克尤恩等的新作也同样落选。十月十日曼布克奖揭晓，获奖的是爱尔兰小说家班维尔的《海》（*The Sea*），我心中的首选石黑一雄的《别让我走》（*Never Let Me Go*）和巴恩斯的《阿瑟与乔治》（*Arthur and George*）都未获得青睐，读者和书评家无不哗然，不少人甚至为文抨击，对五人评审团的召集人苏瑟兰（John Sutherland）尤其极尽挖苦与嘲弄。苏瑟兰是伦敦大学学院（University College London）英文系的退休讲座教授与加州理工学院的教授，主要学术专长是十九与二十世纪英国文学，曾经在一九九九年受邀担任原来布克奖的评审。二〇〇五年的曼布克奖确实值得讨论，由于苏瑟兰掌握了最后的关键一票，事后也只好闷着头撰文为自己的选择辩解。

印象中这几年鲁西迪似乎长居纽约，甚至担任美国笔会二〇〇四年至二〇〇六年的会长。他的手稿也卖给了乔治亚州亚特兰大市的艾莫瑞大学（Emory University），同时受聘担任该校的驻校作家。二〇〇七年六月十七日我在飞往伦敦的班机上读到一则消息：鲁西迪因为在文学方面的卓著贡献而被英国女皇伊丽莎白二世封爵，而且恐怕是九百四十六位受封的人士中最受瞩目的一位，鲁西迪从此变成了萨尔曼爵士（Sir Salman）。南亚裔作家中受女皇册封的鲁西迪不是第一人，奈波尔（V. S. Naipaul）早已是先例。鲁西迪受封后发表感言，语多敬谨，表示自己“既兴奋而又谦卑地接受此崇高荣衔，对自己的作品以此方式获得肯定至表感激”。鲁西迪当然有权接受爵位，谦冲为怀也不失为美德，但对一位后殖民作家而言，向曾经奴役印度半岛几个世纪的封建遗威如此卑躬屈膝，向曾经被他无情讥讽与抨击的权势阶级如此俯首帖耳，不免令人错愕。他的文学成就何须等待温莎皇朝的肯定与认可？

封爵一事倒是意外地勾起全球激进伊斯兰教徒的新仇旧恨，他们视此为西方世界对伊斯兰教另一次有计划的挑衅与羞辱。过去几年某些国家一再以反恐之名将种种倒行逆施合理化，特别是入侵阿富汗与伊拉克，这两个国家家破城毁，生灵涂炭，早已令许多穆斯林满腔愤慨，鲁西迪封爵一事正好让他们找到泄恨的出口。世界各地情绪激愤的伊斯兰教徒于是走上街头，群集抗议，格杀令的呼声再起。这一切恐怕是英国政府或鲁西迪本人始料未及的。

六月三十日晚上我离开伦敦。就在离英前夕，警方在伦敦闹区的干草市场（Haymarket）一带发现汽车炸弹，一时人心惶惶。在希斯洛机场候机的那天晚上，电视上即时播报苏格兰格拉斯哥机场外汽车炸弹爆炸的场面。此时距二〇〇五年七月七日伦敦恐怖袭击两周年只有一周时间，这些连锁事件也许只是巧合，但另有一种说法是：这些胎死腹中的恐怖袭击也可能是伊斯兰教徒抗议鲁西迪封爵的连串激烈行动之一。

我回到台北次日，又有鲁西迪的新闻：他和模特儿出身的第四任太太拉丝蜜（Padma Lakshmi）在结合三年之后，终于宣告离婚。作家离婚的大有人在，可是能像鲁西迪那样登上国际媒体的并不多见——当然与拉丝蜜的身份也可能有些关系。有人说柯梅尼的那一道格杀令造就了鲁西迪的国际声誉，这种说法似乎有些幸灾乐祸，而且多少忽略了鲁西迪自身的文学成就。只不过就常理而论，近二十年来，格杀令的确让鲁西迪成为国际媒体注目的焦点，媒体的兴趣显然不是他在创作方面的卓越贡献。冷战之后，超级强权在踌躇满志之余，急着建立所谓世界新秩序，却忘了任何秩序都必须建基于史学家霍布斯邦（Eric Hobsbawm）所说的理性的了解上，否则新秩序可能沦为无秩序。缺乏理性的了解，我们终于在鲁西迪现象中看到西方价值与伊斯兰文明之间的严重冲突——纽约的“九一一”与伦敦的“七七”恐怖袭击、美英侵略阿富汗与伊拉克，以及铺天盖地的反恐战争等都是这些冲突的结果。这些冲突当然都是殖民遗祸，都是源于以色列与巴勒斯坦超过半个世纪以来纠葛难解的战争仇恨，只是幸与不幸，鲁西迪竟然成为体现这些冲突的具体象征。这恐怕是二十年前他在创作《魔鬼诗篇》时所无法想象的；从另一个角度看，文学的深远影响似乎还真的不能小觑。

二〇〇七年七月七日于台北

附记：

布克奖基金会于二〇〇八年七月十日宣布，鲁西迪的《午夜之子》获选为该奖开办四十年以来的最佳小说。

艾胥柏里：艾默生的传人

曾经有人问当代美国诗人艾胥柏里（John Ashbery）：“你的诗可有任何微言大义？”艾胥柏里回答说：“没有。”理由很简单：他担心一旦有人发现诗中的微言大义，“这些诗就不再那么神秘”。这不仅是艾胥柏里的诗与众不同的地方，也是他的诗艰涩难懂的原因。若干现代诗人之所以暧昧难懂，并非完全出于语言的问题，很多是肇因于诗人精心构筑的个人神话世界，或者自身俱足、不假他求的意象及象征系统；二十世纪英语世界的几位伟大诗人——如庞德、叶慈、艾略特等——莫不汲汲于此，其目的无非希望读者能够渗透其神话世界或象征系统，以窥探其诗章之主题或寓意。艾胥柏里的诗则大异其趣。他志不在此；相对于他的前辈，艾胥柏里显得羞涩胆怯。也许就像他在《浮士德》（“Faust”）一诗中所说的：“歌剧/《浮士德》不再需要它的幽灵”，诗也并非一定必须仰赖任何体系或系统。

尽管如此，艾胥柏里早期诗作倒也展示了他对各种诗类型形式与技巧的熟悉。他第二本诗集《某些树》（*Some Trees*, 1956）是个相当极端的例子。由于沉溺于各种诗类型的成规与形式技巧，这些诗明显缺乏个人声音，也不见个人视境。不过艾胥柏里对此似乎早有警惕。在《使用手册》（“The Instruction Manual") 一诗中，他开始对这种固定的形式与内容深感厌倦，而尝试有所改变：

当我坐着望向大厦窗外
我但愿不必撰写这新金属品的
　　使用手册
我俯视街道，看见人们，漫步
　　每个人内心平静
我羡慕他们——他们和我距离何其遥远！

看见街上行人安详自适地漫步，自己却必须枯坐大楼，撰写一成不变的使用手册，诗中说话人不由自主地想要挣脱现实的桎梏，梦想"模糊的瓜达拉雅拉！/玫瑰色花朵的城市！"

一九六六年的《河山集》(*Rivers and Mountains*) 是艾胥柏里分水岭之作。他一扫过去的拘谨腼腆，变得信心十足。《河山集》收有他的著名长诗《溜冰者》("The Skaters")，诗人细心观察与描述溜冰者的各种动作，对诗的存在问题提出极为生动感人的哲学性思考。批评家多认为《溜冰者》在诗艺和深度上足堪与艾略特和史蒂文斯 (Wallace Stevens) 的若干长诗一较长短，是艾胥柏里成熟时期的扛鼎之作。及至一九七二年的《诗三首》(*Three Poems*) 和一九七五年的《凸镜中的自画像》(*Self - Portrait in a Convex Mirror*)，艾胥柏里作为当代美国诗坛祭酒的地位已经稳如磐石。著名批评家布伦姆 (Harold Bloom) 甚至认为，艾胥柏里的成就其实不下于佛洛斯特、史蒂文斯、庞德、艾略特、威廉斯 (William Carlos Williams) 等二十世纪美国诗人。

艾胥柏里所绍续的不仅是美国文学中惠特曼与史蒂文斯的诗传统，在思想渊源上更是艾默生超越主义的主要传人。在长诗《凸镜中的自画像》中，艾胥柏里这么写道：

灵魂必须停留在它停留的地方，
虽然纷扰不安，倾听窗玻璃上的雨声，
风刮打秋叶的叹息
渴望自由，外面，但它必须停留
在此正襟危坐。它应该尽可能不要移动
画像这么说。

如果说艾默生超越主义的精神在自力更生，在抗拒布伦姆所谓的影响焦虑，灵魂就必须摆脱它原先停留的地方，就必须不断移动。艾胥柏里重要的诗作大抵都在诱导读者陷入这样的情境去思考存在的问题。因为对艾胥柏里而言，停滞不动无异于宣判创作生命之结束。

一九九六年于台北

走过多元文化的烟硝

一九八八年秋天我到美国的杜克大学进修，学校位于北卡罗来纳州以科技和人文研究闻名的三角园区（Triangle Park），风景秀丽，人文荟萃，是美国南方的学术与教育重镇，向有“南方哈佛”之美称（杜克的学生则戏称哈佛为“北方的杜克”）。杜克大学整个校园就像是一片没有尽头的树林，校园内的建筑也各具特色，东校园多为圆顶房舍，西校园则主要为尖塔形哥德式建筑。一位艺术史的女教授因此在某个有关后现代建筑的研讨会上非常弗洛伊德地指出：东校园象征女性的性器官，没有西校园起眼突出，因为西校园的尖塔是阳物的象征！如果此话当真，那么西校园——应该是整个校园——最吸引人的建筑物应该是杜克大学大名鼎鼎的尖塔形教堂。把阳物和教堂联想在一起是有些突兀，何况北卡罗来纳州民风保守，星期天早上翩然到杜克大学教堂做礼拜的信徒无不衣着光鲜，谈吐文雅，而且大多携家带眷，全家动员，在信仰坚定之外，一副重视家庭价值的样子。

紧邻教堂的左边是宗教系。系上有一位英国教授，是我经常一起聊天、逛书店、听演讲的朋友。他专研詹姆士（C. L. R. James）和威廉士（Raymond Williams），一谈到英国首相柴契尔（撒切尔）夫人就破口大骂，其立场可想而知。他对美国的资本主义社会也很不以为然，连美国大城小镇随处可见的购物中心也看不顺眼。说实在的，我始终不明白，他怎么会受聘到暮气沉沉的宗教系来！宗教系后头有一栋占地甚广的庞大建筑物，就是杜克大学的总图书馆。我在图书馆的楼上有一间小研究室，可以望见教堂的一角；每天下午五点钟，教堂就准时传来由风琴演奏的圣乐，乐声悠扬，音符中充满喜悦，确有荡涤人心、洗尽尘念的作用。

图书馆的正对面隔着一片草地，排列着好几栋房子，杜克大学声名远播的英文系就在最右边一栋楼房的楼上。那是一九八八年，著名的文学理论家费希（Stanley Fish）刚从约翰霍普京斯大学被挖角到杜克大学不久，差不多同时跳槽到杜克大学英文系的还有芭芭拉·亨斯坦·史密斯（Barbara Herrnstein Smith）、蓝屈贾（Frank Lentricchia）、汤金丝（Jane Tompkins）等。这是英文系。东校园还有文学研究所，主其事者乃是被视为威廉士之后英语世界最重要的马克思主义文化批评家詹明信（Fredric Jameson）。这些人聚在一起，杜克大学的文学研究在沉寂多年之后，在短时间内突然又大放异彩，与加州大学的尔湾（Irvine）校区一跃而为文学理论的重镇。此时有关文学典律的讨论已经进行多时，有些学校的文学系（主要是英文系）不得不在新典律的要求下修改课程，主要是添加了若干有关弱势族裔、女性、第三世界的文学课程，某些系甚至早已将影视文化、通俗文学也纳入课程之内。在这一波重建典律、修订课程的风潮中，杜克大学的英文系不免首当其冲，成为众矢之的，连《华尔街日报》和《纽约时报》也大张旗鼓，先后为文质疑新典律与新课程的正当性。舆论界的抨击引起了家长与校友的关切。同年的九月十六日至十八日杜克大学与其近邻的教堂山北卡罗来纳大学合办了一场以“二十世纪末的人文教育”为题的研讨会，可以视为对各方质疑的一个答复。会中史密斯和当时任教于康奈尔大学的黑人批评家盖慈（Henry Louis Gates, Jr.）对西方中心论者如赫启（E. D. Hirsch）、布隆姆（Allan Bloom）及班乃特（William J. Bennett）等痛加挞伐。史密斯和盖慈都是反对以西方文化为主导的共同文化论，在他们看来，所谓共同文化只是一个过时的神话，美国向来就是一个多元种族、多元文化的社会，而校园内部的各种安排、措施本来就应该反映美国社会的实际情况。

杜克大学事件——在这之前还有斯坦福大学修订大学部一年级西方文化课程的事件——让我较清楚看到典律之争背后牵扯更为深远的文化论战。在典律之争大势抵定，重建典律，修订课程已成为许多大学英文系不得不采纳的政策之后，更多与更大规模的辩论自然落在内容更为宽广繁杂的多元文化论（multiculturalism）上。

一九九二年春天我再到美国研究，这次是到费城的宾州大学。学校位于黑人聚居的费城西区，校园被费城两条主要的老街道狠狠地分割，街道旁则处处可见多为亚裔人所经营的餐车，校园附近也不乏中国香港人以及印度人、泰国人开设的餐厅。的确，与杜克大学相比，宾州大学的多元种族与多元文化特征更为显眼。我落脚的单位是著名的非裔美国批评家贝克（Houston A. Baker, Jr.）所主持的黑人文学与文化研究中心。中心来来往往的长、短期访客甚多，除了研究非裔美国文学的学者之外，还有研究加勒比海文化、英国黑人文化及非洲文化的学者。以学科而言，固然不乏文学学者，但同时还有人类学家、电影学者、宗教学家、法律学者等，是一个教人学习抛开学科本位主义的地方。

有一次黑人文化与社会批评家柯劳治（Stanley Crouch）受邀来中心演讲。柯劳治曾经担任《村声》周刊（*Village Voice*）的爵士乐乐评家达十年之久，后来离开《村声》，专事写作。柯劳治立场保守，和史迪尔（Shelby Steele）、卡忒（Stephen Carter）、罗瑞（Glenn Loury）等，共同被视为美国黑人保守主义的代表人物。这些人的片言只语常被某些白人奉为挡箭牌，或者作为反对多元文化论的利器。中心的成员不论主客，其实多为不同程度的多元文化论者，大家都很愿意听听柯劳治如何宣扬他的保守理念。柯劳治却选择朗读他新近完成的小说，我们确实有些失望。我对他的小说情节（其实他只读了其中一章）已经毫无印象，但演讲后大伙儿共进晚餐的情形却是依然历历在目。

那是一顿轻松愉快的晚餐，在摇曳的烛光下，七八个人天南地北，无所不谈，虽然话题多围绕美国黑人社群的事务。这个时候柯劳治的保守立场才表露无遗。我的整个印象是，柯劳治似乎对民权运动以来非裔美国人所获得的成就相当满意，他的举例令人感到啼笑皆非。他踌躇满志地说，有一次他步出亚特兰大机场，一位白人计程车司机竟然称他“先生!”（“Sir!”），这在以前是难以想象的。这话当然不假，但柯劳治显然忘了在后民权时代，非裔美国人依然必须面对美国社会中无所不在的结构性种族歧视与偏见，像他这样的幸运儿当然大有人在，但在美国城市内部还有更多的黑人必须面对失业失学、毒品泛滥、游民暴增、同族相残、高犯罪率等挥之不去的梦魇。

这一顿饭柯劳治大概吃得相当辛苦，同桌的每一个人——包括我这个亚洲人在内——都不断跟他抬杠。但这一顿饭也令我更深入了解多元文化论的内涵，也让我深刻体会到总体化与普遍化的局限与危险。当我们视黑人社群——或者任何属性的社群——为一群体时，我们往往简化了这个群体内部的复杂性，同质化了这个群体的异质性，忘记了这个群体中的每一个个人都是具有差异性的个体。支撑多元文化论的其实正是这样的文化差异。

就在柯劳冶演讲过后不久的四月底，美国发生了一件惊天动地的大事，那就是因黑人青年洛德尼·金（Rodney King）被警察殴打一案的判决所引发的洛杉矶中南区暴动，洛德尼·金顿时成为弱势族裔的意符（minority-signifier），投射着非裔美国人乃至于其他弱势族裔在雷根主义横行十年之后的无力感。在荧幕上目睹我数度路过的洛杉矶中南区陷入一片火海之中，许多无辜的人家毁人亡，即使身为外国人也不免动容。这是个极为复杂晦涩的社会与文化文本，自然不是简单的种族暴动或阶级动乱就可以涵盖其意义的。多元文化论其实也可以从这次暴动中找到实证，以强化本身的理论假设。端看暴动中非裔、韩裔、墨裔美国人及白人之间莫名的疏离与仇恨，即知道在种族与阶级之外，这中间恐怕还有文化的历史因素。

但多元文化论显然不是万灵丹，它不可能解决美国内部纠葛万端的结构性问题。即使到现在，环绕着多元文化论的辩论仍然持续不断，但这些争论多被围堵在校园之内，既与实际的社会与政治实践无涉，也鲜少触及美国根本的生产结构与社会关系，整个多元文化论较具体的成绩大抵多反映在学校课程的修订与校园权力结构的调整方面。

宾州大学的大一新生按规定必须在教授的指导下阅读由学校指定的一本世界名著。在我离开费城前夕，我在学校新闻上看到新学年的初选书单，除若干欧美经典之外，老子的《道德经》赫然跻身榜上，最后还是十九世纪黑人领袖道格拉斯（Frederick Douglass）一八四五年的《自述》（*Narrative of the Life of Frederick Douglass*）受到青睐。这一切说穿了应该都是拜多元文化论所赐。只是我至今仍感疑惑，如果当初获选的是《道德经》，整个宾州大学究竟有多少教授有能力指导学生阅读这本中国经典呢？

一九九二年的春天我还发现，在多元文化论论战冲击之下，美国校园中立场对立的双方已经正式决裂，部分文化右派成立了全国学者协会（The National Association of Scholars），而文化左派的部分成员则另组民主文化教师会（Teachers for a Democratic Culture），在美国宪法第一修正案的保护下，彼此继续大量互扣帽子。

过了不久，加州大学柏克莱校区也发表了他们调查与研究经年的《多样性计划的总结报告》（*The Diversity Project: Final Report*），多元文化论的争论至今依然余波荡漾……

一九九四年于台北

典律之争

关于典律（canon）的问题，美国的文学教育界最近又有了争议。其实，这些争议由来已久，可以说代代有之。既然代代都有才人想要管领风骚，典律之争毋宁是件自然的事。早在一九八三年，著名的文学期刊《批评探索》（*Critical Inquiry*）即曾推出专号，讨论典律的问题。翌年，芝加哥大学出版社将这个专号与若干同性质的文章编辑成册出版，书名就叫作《典律》（*Canons*）。这本文集收集了十六篇论文，第一篇的作者就是文学教育界的重镇芭芭拉·亨斯坦·史密斯（Barbara Herrnstein Smith）。史密斯现任杜克大学讲座教授暨现代语文学会的会长，一九六〇年代末期以《诗的终结》（*Poetic Closure: A Study of How Poems End*）一书成名，近年来特别关注文学的价值与评价的问题。

史密斯的论文题为《价值的偶然性》（"Contingencies of Value"）。她感叹美国在文学教育和研究上的偏颇，自新批评以降，过去五十年来，研究文学的似乎只忙于文学作品的诠释，尽管各种理论、方法、运动此起彼伏，层出不穷，但最后大致上都可以纳入诠释批评的范畴内，几乎没有一个人认真而有系统地关心文学价值与评价的问题。有人认为，诠释或意义的问题本来就和语言密切相关，一般而言，治文学的人较能够掌握语言学与语言哲学之类的学科，相对地，对于经济学或社会学等较为重视价值及评价行为的学科则比较生疏。其实，这只是皮毛之见。史密斯以为，真正的原因相当复杂，其中的政治性更不待言，而且时间上还可追溯到文学研究最初在美国建制化的时候。原来学院中的文学研究一开始就受制于两种互相矛盾而又互为表里的知识传统与意识形态，一种是实证的语文学术，另一种则是人文的教育目标。前者以考证、校勘、训诂等环绕着版本的活动为主，以这些活动为业的学者自认为这些才是“学问”（scholarship），才是所谓严谨、客观、进步的科学。另一批学者的活动应称之为“批评”（criticism），他们对人文研究的教化任务可谓信誓旦旦，他们的工作即在于推崇、维护文化遗产中受到崇敬的经典文本（the canonized texts），努力地阐扬、传播这些经典中的传统文化价值。这样的分工其实不无问题。以考证、校勘、训诂为业的学者，他们表现出来的知识优越感固然莫名其妙，而把价值的问题完全交付给批评家，恐怕也有待商榷。批评家的禀赋或后天训练，并不保证有区别文学作品价值的能力，更何况这些价值原来就是变动不居的。

诠释批评往往隐含着评价活动。文学评价并不仅是某种形式的学院批评而已，而是一套复杂的社会、文化活动，与文学的本质密不可分。依史密斯的说法，文学的价值繁复而多变，因此不可能是超越、永恒与普遍的。多年来，美国的批评界与文学教育界或受制于幼稚的科学主义，或自得于哲学的价值论，或沉湎于虚幻的客观性，或受缚于学院的知识传统，已经久矣不曾探讨文学价值的变迁与其繁复的本质了。

史密斯的论文甚长，其观点无法一一转述。最重要的是，她认为任何价值都是偶然的，或是临时的，既非客体本身固有的属性，亦非主体武断的投射，而是某种经济系统下的产物。传统上把文学孤立于社会上的其他系统之外，只有使文学价值的本质更形扑朔迷离。荷马之所以被视为经典作家，并不意味着他的作品中蕴含着什么普遍的或超越文化藩篱的价值；更直接的原因是，他的作品受到建制化，得以在某个文化系统中不断被人阅读、流传，其中包括讲述、翻译、出版、引用，乃至于纠绊于西方文化论述中相互指涉的层层网络中。因此，“荷马”是多功能的，同时为许多不同的利益服务。更明显的例子也许是莎士比亚。莎士比亚并不是一开始就被供奉为文学殿堂的典律的，可是今天环绕着莎士比亚这个典律的经济与文化活动是何其繁杂与庞大！大学教师要升等，研究生要拿学位，出版社要赚钱，剧团要演出，演职员要生活（在英国恐怕还要包括赚取外汇），试想我们如何把“莎士比亚”（包括作家与作品）孤立于整个经济与文化系统的动力之外？

决定文学价值的因素既是如此复杂，价值本身自是无法超越或稳如磐石的。今天许多我们视为经典的著作，过去也曾受到排斥，而不少以前备受推崇的典籍，如今早已乏人问津。价值既是变动不居的，任何典律——包括学院中经过多年早已建制化的典律——自然也可能改变。不过，这一点却不是人人愿意承认的。他们宁可相信价值的稳定与永恒。

斯坦福大学事件就是个好例子。今年三月底，斯坦福大学宣布准备修订行之多年的大学一年级的西方文化课程，删减核心书单上若干所谓的西方经典，而代之以“妇女、少数民族以及有色人种”的著述。这个修订计划随即遭到强烈的抨击，最典型的责难主要来自前任美国教育部长班乃特（William J. Bennett）。他认为西方文化乃是美国人赖以生活的文化，美国人自始就生活在西方文化之中；而西方文化“则为世界各地订立了道德、政治、经济与社会的标准”。班乃特的文化霸权思想由此可见。原来在他的想象文化地图中，大西洋波澜壮阔，永远位居中央，太平洋则分隔成两半，被挤到地图的边缘，当然，印度洋、南中国海等充其量只是聊备一格而已。面对班乃特的指责，斯坦福大学的校长甘乃迪（Donald Kennedy）回答得很干脆，他说：根本没有人想要埋葬西方文化，斯坦福大学的课程修订计划只不过是为了反映“当代美国文化与价值的繁复特性”而已。

班乃特曾任美国国家人文科学基金会主席。一九八四年，他在基金会的报告《重新寻回遗产》（“To Reclaim a Legacy”）中，提出他心目中理想的文化内容；简单地说，那就是十九世纪英国诗人兼批评家阿诺德所谓的人类最好的思想和论述。因此，他对一九六〇年代所带给美国高等教育的影响，始终无法释怀。严格说来，斯坦福大学事件只不过提供给班乃特另一次机会，重弹他一九八四年的旧调而已，那就是：西方的没落。

西北大学著名的批评家葛拉夫（Gerald Graff）对班乃特的话深不以为然。他认为阿诺德的问题在于，从来就没有什么共识可以决定何者是最好的思想与论述，何况视文学为稳定的典律的说法，根本就是个历史幻觉。典律之争并非始自今日，“这里头总是有政治存在”。

其实早在斯坦福大学事件之前，舆论界即曾针对某些大学的英文系课程表示怀疑。《华尔街日报》曾经发表了一篇文章，题为《从西方文学到西部小说作为文学》（“From Western Literature to Westerns as Literature”），矛头直指杜克大学英文系；《纽约时报》也以《美国文学：典律受困记》（“U. S. Literature:

Canon Under Siege"）为题，描述学术界如何对文学价值现存的层系表示厌烦。这些行销全国乃至于国际社会的大报竟然如此眷顾文学教授及其授课内容，显然极不寻常。

杜克大学近几年来大力整顿其文学课程，除了聘请詹明信（Fredric R. Jameson）主持文学研究所外，英文系也改聘费希（Stanley Fish）担任系主任。这两个系所大张旗鼓，先后聘请了好几位享有全国或国际声誉的文学学者，英文系甚至竟因此而被戏称为"鱼潭"（the Fish tank）。连杜克大学历史悠久，但却一向保守而了无生气的《南大西洋季刊》（*South Atlantic Quarterly*），也改由这批新人接编，整个刊物顿时面貌大变，让人耳目一新。

舆论界的质疑主要是针对通俗文学的课程而来。原来杜克大学开有"通俗文化专题"这一门课，选用的教材包括了拉摩尔（Louis L'Amour）的西部小说、陈德勒（Raymond Chandler）的侦探小说，同时还有《教父》《外星人》等畅销小说。开课的教授不是别人，正是费希的夫人汤金丝（Jane Tompkins）。我提到这一层关系并不表示汤金丝妻凭夫贵，因为汤金丝也并不是等闲之辈，治文学理论的人大概都读过她主编的《读者反应批评》（*Reader-Response Criticism: From Formalism to Post-structuralism*），前年她又出版《煽情的设计》（*Sensational Designs: The Cultural Work of American Fiction, 1790-1860*）一书，为部分十八、十九世纪的美国小说家翻案，其中包括大名鼎鼎，却又一向评价不高的《黑奴吁天录》（*Uncle Tom's Cabin*）的作者史滔夫人（Harriet Beecher Stowe）。舆论界的批评引起了家长与校友的关注。其实，这也是人之常情。杜克大学固然声誉卓著，但却是一所私立大学，学杂费非常昂贵，不是家境宽裕，或者获得贷款或奖学金，一般薪资家庭的子弟想要进入这间大学谈何容易。辛辛苦苦把孩子送入学来，总得学点“严肃”“正经”的学问，通俗文学登得了大雅之堂吗?

显然，不管是质疑也好，关注也好，整个争议背后所涉及的，主要还是典律的问题。对于外界的质疑与关注，杜克大学究竟如何答复，外人不得而知。九月十六日至十八日，杜克大学与教堂山（Chapel Hill）的北卡罗来纳大学合办了一次学术会议，依我看来，也可算是对外界的一个答复。会议的名称倒是颇富前瞻性：“二十世纪末期的人文教育”（Liberal Arts Education in the Late 20th Century：Emerging Conditions，Responsive Practices），应邀的学者来自人文学的各个学科，而且都是一时之选。他们的立场大致相近，基本的观点也并无多大冲突。大抵而言，他们相信，典律是可以解体的（即所谓 canon deformation），同时也可以再造典律（canon formation），而未来美国大学的人文学教育必须反映美国的现实：一个多元种族、文化、宗教、价值的国家与社会。

有趣的是，会议中有若干篇论文攻击力极强。史密斯花了极大的篇幅抨击赫启（E. D. Hirsch）的《文化常识》（*Cultural Literacy：What Every American Needs to Know*）一书的意识形态。她指责该书的主题其实常见于某些反动的文化批评：一方面哀悼西方文明的没落，另一方面则向往已经消逝的所谓“完整的”社会。在《文化常识》一书中，赫启还列举了五千种书籍、音乐及艺术品，他认为只要还称得上粗通文墨的美国人，就应该熟知这些文化遗产。有了这些共同的文化遗产，人与人之间才可能沟通。史密斯驳斥赫启的立论与假设毫无根据，她开玩笑说：她和八十五岁的婆婆、二十五岁的美发师、五岁的孙子，以及家中饲养的猫之间并无所谓的共同文化，然而她和这些人与宠物之间的沟通从来就不成问题。史密斯以为，赫启的书虽然肤浅、偏狭、空洞，其见解固然为智者所不取，但这并不保证其建议不会被纳入美国的教育政策中；因此，她吁请大家细心检讨赫启的书，暴露其浅薄，矫正其错误，以免其陋见为制定政策的人所误用。

另一位火力也同样猛烈的是康奈尔大学的盖慈（Henry Louis Gates，Jr.）。盖慈虽然年仅三十八岁，却已是康奈尔大学的讲座教授，一九七〇年代在剑桥大学克列尔学院（Clare College）就读时，曾随后来得诺贝尔奖的索因卡（Wole Soyinka）读书，近年来致力于建立黑人文学理论，是目前声誉最隆的黑人文学理论家。盖慈称班乃特为文化新右派，责备他不应该至今还抱持着南北战争前的美学立场，“当时所谓人就是男人，人就是白人，而学者批评家就是白人男性”。盖慈这句话非常厉害，换句话说，班乃特是个抱持父权思想的种族主义者。

盖慈套用贾克逊（Jesse Jackson）牧师的话，笑称造成美国文学的新典律的是文学理论的“彩虹联盟”（Rainbow Coalition）——是当代许多理论的奥援与结合，其中包括弱势族裔论述、女性主义、后结构主义、马克思主义，等等。他在报告中还提到由所他主编的《诺顿美国黑人文学选集》（*Norton Anthology of Afro - American Literature*）的编辑情形。他说这本选集将是个颠覆的力量，选集出版以后，再也没有人可以用“找不到书”为挡箭牌，而拒绝教授黑人文学了。这话说得一点不错，文学史上是有不少选集是极富颠覆性的，一方面封闭旧的典律，一方面开启新的典律。

其实不必等到盖慈主编的选集出版，自一九六〇年代以后，美国文学的新典律就已经逐渐形成。最具体的讯息也许是大约半年前刚出版的《哥伦比亚版美国文学史》(*Columbia Literary History of the United States*)。跟以往的美国文学史不同的是，这部文学史辟有专章讨论黑人文学、女性文学、亚裔美国文学、墨裔美国文学、美国原住民文学，等等。这在若干年前是无法想象的。最好的例子是史毕乐（Robert E. Spiller）等人所编撰的《美国文学史》(*Literary History of the United States*)。此书一九四六年出版，历经多次修订，以我手边的第四版（一九七四年版）来说，全书一千五百余页，其中共有三章讨论内战前后的南方文学，编撰者可以花费不少篇幅介绍许多名不见经传的二三流人物，对于像蕙特莉（Phillis Wheatley)、布朗(William Wells Brown）及道格拉斯（Frederick Douglass）等重要的黑人诗人与作家，却又只字未提，当然不用说当时流传甚广的其他黑奴自述（slave narrative）了。即使是出版于一九七二年的该文学史的《书目增录》(*Bibliography Supplement*)，虽然洋洋洒洒，编列了两百余位作家的书目，其中黑人作家仅占四位，即蔡斯纳（Charles Waddell Chesnutt)、丹巴（Paul Laurence Dunbar)、修斯（Langston Hughes）及赖特（Richard Wright)，编者无缘认识一九二〇年代哈林文艺复兴的几位健将，甚至连一九六〇年代以后已经成名的鲍尔温（James Baldwin）和艾利森（Ralph Ellison）也未列入，殊为可惜。

其实，杜克大学和北卡罗来纳大学合办的会议本身就是颠覆性的，整个会议不无摆明姿态，宣布立场的用意。不过，舆论界对杜克大学的批评也可能言过其实。我翻阅今年英文系的秋季课程，发现差不多五十门的文学课程中，有关通俗文学的也只有汤金丝的“通俗文化专题”而已，而且还是和文学研究所合开的。汤金丝在英文系开的另一门课是“霍桑、梅尔维尔、史滔”，都是十九世纪美国文学的扛鼎名家。英文系也开有“电影导论”“电影与录影的理论与实践”之类的课，但也仅仅这两门课而已。大部分还是一般英文系常见的传统课程，《圣经》、莎士比亚、乔叟、弥尔顿、艾略特、吴尔芙，以及浪漫主义、写实主义，或者美国南方文学等依然在课程上。当然，也少不了诸如“女性小说研究”“黑人戏剧”“第三世界小说”之类的课程。至于选用什么样的教材，又是怎么个教法，那才是学问，舆论界想要置喙，谈何容易。不过，在后结构主义、女性主义及新历史主义（文化诗学）的影响下，莎士比亚及其同侪想要维持多年以前的面貌，大概也不太容易了。

新典律的建立恐怕是时势所趋。一九六〇年代在大学受教育的一群，目前正值春秋鼎盛，在大学教书的大都有了长俸，有些甚至早已当上讲座教授；而在学生人口中，女性及少数民族的百分比也年有增加之势。如此说来，典律的修正多少也是为了反映这种大学教育的人口现象而已。老实说，并没有人真的要摧毁整个原来的典律。坚持旧典律的特别怀念历史，可惜他们却也是最善忘、最缺乏历史感的一群。他们忘了，还不是太久以前，美国文学根本就进不了英文系的门槛的。增加新的课程，提供新的可能性，新的典律会比原来的更多元，更多姿多彩，同时也可能更丰富。从此以后，美国的大学文学教育不再只有一个故事——西方白人男性的故事，而是许多不同的、彩色缤纷的故事。

一九八八年

我们一直在做的事

听一位科学家同事谈起他的研究与抱负，年轻的脸庞充满朝气与希望，他对科学的热情令我深为感动。他告诉我说，他学科学是为了改善人类的生活，为人类谋求幸福。在一个日趋功利的社会里，这样的理想与信念无论如何教人肃然起敬。我一边听他阐述他的想法，一边想起一位英国友人跟我说过的话："那不是我们一直在做的事吗?"

我的英国友人是西伦敦一所研究型大学的校长。有一次一位研究干细胞的同事跑到他的办公室，希望说服他支持他的研究计划。他的同事也是热情洋溢地告诉他说，他的研究是为了改善人类的生活，追求美好的人类社会。我的朋友后来跟我讲述这件事时说了一句话："那不是我们一直在做的事吗?"

我的朋友是一位很有成就的社会学家，他说的"我们"指的是从事人文学与社会科学研究的学者。他的意思是，身为人文学者或社会科学家，我们投身学术研究，著书立说，主要的目的不就是希望我们的学术研究能够带来改变，让社会更为公平合理，生活更为美好幸福，文化更为丰美坚实吗?如果不是这样，如果脱离了人与社会，人文学与社会科学将会沦为空谈，既失去对人世的关怀，也无法回应社会的召唤。我的朋友曾经长期在贫穷破落的伦敦东区做田野调查，经常与工人阶级为伍，观察他们的生活，了解他们的需求，体察他们的梦想与希望，他对学术的感受特别深刻。

这么说并不是鼓励把学术研究变成社会宣传或者政治宣言。学术毕竟还是学术。学术有一定的规范，而且重视新的发现，最忌人云亦云，甚至不知所云。我研究文学，很早就体会到文学是非常重要的知识形式，是我们了解世界的重要方式。每个人都可以有自己的关怀与议题，不过我自己至今仍然相信，文学在审美之外有其淑世功能。对我而言，研究文学是为了了解世界，是为了改变；我们透过文学研究反省和检讨这个世界所面对的种种问题，看似迂回，有时候反而直指核心。显然，文学的功能不只是为了陶冶性情，变换气质，或者点缀性地为某些人增添人文气质而已——这些当然都很重要，但文学的功能不应仅此而已。因此我很能够了解我的朋友的意思：“那不是我们一直在做的事吗?”

二〇〇九年三月

第二辑

世界华文文学：一个想象的社群

其实并无所谓世界华文文学这回事。它是想象的，是建构的结果。我们想象有这么一群人，散居在世界各地，他们之间具备若干共同点，譬如：他们主要是中国人或中国人的后裔（或称华人或华族），他们以中文（或称华文、汉语）作为创作的工具，他们创作时的文化指涉往往是中华民族固有的传统——虽然这个传统也是想象的，我们想象有那么一个完整的、固定的、最终可以回溯的传统存在。以这些主要的共同点为基础，于是我们把这一群人的文学产业加以总体化，称之为世界华文文学。因此，所谓世界华文文学其实是个想象的社群，就像安德森（Benedict Anderson）在论国族国家时所说的，在这个想象的社群里，“大部分的成员彼此既不熟悉，也从未谋面，甚或听过对方，但在每一个人的脑海中却存活着彼此团聚交会的景象”。

总体化乃是去异存同的过程。为了想象一个叫世界华文文学的社群，我们在凸显这个社群的同质性时，难免会忽略甚至泯除这个社群的异质性。然而世界各地的华文文学毕竟差异甚大，差异性构成了各地华文文学的特殊性；总体化的过程会使我们见林不见树，甚至对各地华文文学的差异性与特殊性视而不见。各地华文文学所面对的社会、政治与文化环境既不相同，文学系统内部的要求也不一样，作家看待其文学生产的态度更是大相径庭。居住在欧洲、澳洲、美洲的华文作家在当地大概不会有什么读者群，所以他/她们的作品大部分仍须设法在台湾或大陆发表。可是中国香港、澳门等地区和新加坡、马来西亚的华文文学早已自成体系，对当地的华文作家而言，他们的主要读者就是当地的华人社群。新华文学甚至是新加坡国家文学的一部分；马华文学虽然不为官方文学论述所承认，但它历史久远，上溯中国新文学运动，数十年来在边陲活跃，香火始终不断，是维系华族文化命脉的重要文化实践，这与中国大陆和台湾地区新移民所构成的欧华文学、美华文学、澳华文学等自然不能同日而语。我们很难想象这些新移民所创作的华文文学对当地文坛或在地社群会有什么冲击，甚至很难想象这些新移民的第二代仍会坚持以华文创作。试看今天在美国扬名立万的华裔美国作家，如汤亭亭（Maxine Hong Kingston），如谭恩美（Amy Tan），如黄哲伦（David Henry Hwang），莫不是第二代的华裔美国人。

我们显然有必要以差异性与异质性来想象世界华文文学这样的一个社群。然而究竟是谁来想象这个社群？又是从何处想象这个社群？这些问题其实涉及中心与边陲的依附关系。《魔鬼诗篇》的作者鲁西迪曾经在论及所谓大英国协文学（Commonwealth literature）时指出，尽管所谓大英国协文学其实并不包括英国文学在内，英国文学却一向自居中心，而将世界各地的英文文学一概贬为边陲。当我们想象世界华文文学这个社群的时候，我们也难免会触及中心和边陲的问题。世界华文文学的中心在哪里？这个中心是否固定不变？是谁构成这个中心？这个中心的内容又是什么？中心又是如何界定它与边陲之间的关系？这些问题最后可能不再是文学内部的问题。这些问题其实都是在提醒我们，所谓世界华文文学最终不免仍会沦为一个政治的建构。

即使暂时不谈中心与边陲的空间想象，在世界华文文学这个想象的社群里也很难看到真正的对话状况。举例言之，在中国香港、新加坡、马来西亚，购买或阅读大陆与台湾的文学产品并不太难，但是在台湾——就以书店并不算少的台北来说——究竟何处可以买到大陆和台湾之外的华文文学作品？究竟哪一间图书馆庋藏这些华文文学创作？只要这些事实依然存在，对话就不可能平等——即使我们承认对话原本就不可能完全平等的。

这一切可能都是设想而已，其实并无所谓世界华文文学这回事。有人为中国大陆的文学创作，有人为中国台湾地区的文学创作，有人为中国香港的文学创作；有人为马华文学创作，有人为新华文学创作，大概没有人为世界华文文学创作。这么说来，世界华文文学的确只是一个想象的社群而已，就像大英国协文学一样，它其实并不存在。

一九九三年

诗的回忆

有三十年没写诗了。

记忆中三十年前最后发表的一首诗是《午夜读叶慈》；如果没记错，应该是李永平拿去《中外文学》发表的。永平那时候正准备赴美国深造，仍在台大外文系当助教，帮忙《中外文学》的编务。那是一九七六年，此后我就专心往学术的路子走，打算以学术安身立命，诗只好退位，我也颇能认命，只当纯粹的读者，不再发表诗了。我记得在发表《午夜读叶慈》之后，还写过一首长诗，伤悼越战后海上难民的悲惨命运，不过手稿目前遍寻不着，也许有一天还会久别重逢。

确实有三十年没写诗了。因此当书林出版部的朋友有意把我过去的诗结集出版，我还真的有些犹豫。这些诗尘封已久，有必要像出土文物那样再拿出来示众吗？我决定把这些诗找出来，认真思考是否要让它们以诗集的面貌再见天日。

我记不起上一回是什么时候看到这些诗的。总之，应该是很多年前的事了。这次重读，犹见故人，而且仿佛与故人旧地重游，既熟悉而又陌生。有些诗创作当时的情境竟然依稀在目——写诗，原来是我年轻生命中很重要的一件事。

我在一九七〇年曾经印行一本诗集《鸟及其他》，现在当然已经看不到了。我决定从中挑选一些，再加上一九七〇年代以后发表的几首，共得三十三首，足以成册，是我在一九六六年至一九七六年这十年间的主要产品。

三十年是很长的一段岁月，不只个人的生命有很多变化，这个世界也有很多变化。诗集中的《圣诞夜》《赶路》等诗写作时越战的烽火正炽，报纸上几乎每天都有越战的消息，中国大陆的“文化大革命”也正是一片燎原之势，欧美许多大城市反战反体制的示威抗议此起彼落，甚至我居住的槟城也不时有街头示威的活动，我们则跟着学唱《我们终将胜利》（“We Shall Overcome”），以及鲍布·狄伦（Bob Dylan）、琼·拜雅芝（Joan Baez）、尼尔·杨（Neil Young）等人的反战歌曲。不知道为什么，我那时候特别喜欢印度锡塔琴（Sitar）大师拉维·香卡（Ravi Shankar）如梦似幻的音乐。总之，整个世界沸沸扬扬，风起云涌，仿佛在不安与骚动中等待新的秩序。越战就在数百英里之外，因为地缘的关系，许多仍然一脸腼腆稚嫩的美国士兵常到槟城度假，而他们度假的方式多半不离酒色，在放浪形骸中自我麻醉。——假期过后重返战场，谁知道还有没有明天？残酷的事实是，这些年轻的生命有的很可能只是日后点缀华府越战阵亡战士纪念碑的名字。一九八八年我初访华府，曾经在林璎（Maya Lin）这座撼动人心的杰作前徘徊良久。许多美国民众神情哀戚地抚摸着纪念碑上的名字，有的甚至低声啜泣。当我凝视着那巨大黑理石上密密麻麻的名字时，心中就不时想起二十年前在槟城见到的那些年轻美国士兵。新加坡诗人潘正镭有一首题为《黑石碑》的诗，有几行诗句很能表达我当时的思绪：

我从亚洲来

孤独地检阅弹孔血痕
烽火在石碑上复燃
虽然，我念不起你是谁

这些美国士兵在家乡也许是亲戚朋友眼中的乖孩子，到了槟城却完全变了样。我的住所对街就是一家酒吧，专做美军的生意。酒吧日夜喧闹，尤其半夜里，我常被砸破酒瓶的声音惊醒——即使是隔了一条街，酒瓶忽地爆碎的刺耳声依然清脆可闻。奇怪的是，四十年后的今天，我仿佛还可以听到酒瓶破碎的声音。我还记得路经对街那家快乐酒吧时，偶尔会看见一位怀孕的酒吧女，她经常穿着一件艳红色的衬裙，很诡异地老让我想起在热带烈阳下怒放的木槿花。那是前网路时代，电视还是黑白画面，而且也不普遍，除了报纸上的图文资讯外，这些点滴竟然是我有关越战的记忆了。

越战过去三十年了，影响我这一代既深又远的冷战也已经终结——不管我们愿不愿意，我们都曾经是冷战的世代、冷战的孩子。可惜的是，这个世界似乎并没有变得更合理，更安全。冷战结束，紧接着波斯湾战争、科索沃战争，然后是恐怖袭击和反恐战争，现在仍在进行的伊拉克战争，以及世界各地时有所闻的灭族屠杀和宗教冲突，所谓的世界新秩序似乎只是无秩序而已。

品特（Harold Pinter）在写了二十九个剧本之后，重新回头写诗，诗集《战争》（*War*，2003）是老剧作家对伊拉克战争的愤怒控诉。在一首广被引述的短诗《炸弹》（“The Bombs”）中他写道：

再也无话可说
我们剩下的只是炸弹
炸开我们的头
剩下的只是炸弹
吸尽我们最后的血
我们剩下的只是炸弹
擦亮死者的头颅

《炸弹》谈不上是好诗，从头到尾只是一个简单的意象，但全诗简短有力，一片血光弹影，写尽战争的暴力，同时还预告了后来品特在二〇〇五年诺贝尔文学奖演说辞的基调。他在演说辞临结束时沉痛指控："我们给伊拉克人民带来了酷刑、集束弹、贫铀弹、无数的任意杀戮，带来了苦难、堕落与死亡，却美其名曰'给中东带来自由与民主'。"电视上播报伊拉克的消息，几乎无一日无伤亡，看到这些消息，我总会想起品特的诗。一千两百多年前杜甫写《兵车行》，有诗句云："牵衣顿足拦道哭，哭声直上干云霄"，写的不正是战争带给黎民百姓的痛苦无助？一九三七年，毕加索以西班牙内战为题材，绘制成不朽巨作《格尔尼卡》（*Guernica*），表达的不也是浩劫下人民的号啕苦痛？——这些诗和艺术所反证的不就是统治阶级的麻木无情？除了换上了更凶残、更富毁灭性的武器外，这个世界可有多大改变？

一九二〇年，保罗·克利（Paul Klee）创作了一幅题为《新天使》（*Angelus Novus*）的画，翌年为班雅明（Walter Benjamin）所购得。一九四〇年，正当法西斯主义疯狂肆虐欧洲的时候，班雅明写下了他自尽前最后的重要作品《论历史的观念》（“On the Concept of History”），其中第九则讨论的就是保罗·克利这幅名画。他把画中的天使视为“历史的天使”：

> 他的脸朝向过去。在我们看到连串事件的地方，他看到的是一场灾难，废墟堆积着废墟，然后抛落在他跟前。天使很想留下来，唤醒死者，把碎落的一切完整集合起来。然而一阵风暴自乐园刮来，攫住他的翅膀；风暴如此猛烈，天使再也无法将翅膀合拢。这场风暴锐不可当，把他刮进他所背向的未来，而他眼前的断垣残壁却不断朝天堆高。我们所谓的进步就是这场风暴。

历史的吊诡就在这里，人类所谓的进步最后换来的竟是更多的断垣残壁。

我曾经以为诗最重要的是意象，为了经营意象，或者捕捉稍纵即逝的意象，我尝试多方调动语言符号。《我们走着》《单人床》《星期天》《下午歌》《午后印象》等诗应该都是这种思维下的产品，因此相对而言，这些诗意象比较繁复多变。那时候真的还很年轻，日子虽不至于百无聊赖，但生活单调、重复，因此在沉闷中等待改变就成为这些诗中常见的母题。《我们走着》一诗即是以这样的感叹结束：“哦，我们是生活在问号丛中/我们是无数的问号。”《午后印象》一诗也有类似的体悟：“午后所留下的，是没有痛苦没有欢乐的/缠在胡须鬓发间的时间。”这个时期不时出现的另一个母题则是苦役。《生之塔》《待日》《一座海》等诗都可以找到这样的母题。那时候对人生自然谈不上有什么深刻的体验，只觉得生命仿佛一场苦役，整个创作过程其实也是苦役。我不知道自己怎么会有这样的想法，也许背后另有别的文化指涉。我记得当时自己对普罗米修斯（Prometheus）和西西弗斯（Sisyphus）的神话颇为感动，苦役的母题很有可能演绎自这两位神话英雄的命运。

诗同时也是我和现实世界协商的媒介。一个劳动阶级的孩子，对未来茫然不知所以，在种族政治的支配下，外在的社会与文化环境虽非完全沮丧，梦想却是相当有限。我对生命、对世界的某些期待，变成了一个个乌托邦计划，也因此写下了《有一座碑》《生之塔》《待日》《沉思》《一株阳光》诸诗；像《沉思》中的最后两行："他的树园来自人类的十三月/来自神的第八日。"固然抒写我对美好事物的向往，但也多少隐含我对现实的批判与对现状的不满。其实写这些诗时只是天真地希望未来是个更理想、更美好的世界。重读这些诗，才惊觉自己原来对这个世界也曾经有过憧憬。

诗的语言问题曾经是我很重要的关怀。诚然，"万物静观皆自得"，但转换为诗，仍然需要借重语言。语言作为符号系统，本来的承载就很丰富，借由这样的符号来经营意象，而且是繁复的意象，其实是很大的挑战。大概自《沉思》一诗之后，我已经深切体会到，意象不是诗的全部，因此之后的诗意象转向单纯，语言也渐趋平淡和明晰，我突然间觉得自由自在，很多诗竟然可以一气呵成。《沉思》之后的诗大都是在这种心情下完成的，印象中写来相当顺手，往往一个意象贯穿全诗。

一九七〇年以后，由于生活与时空的改变，我在创作上的关怀也有相当大的改变。一九七〇年代的台湾，经济正蓄势待发，但在全球冷战政治的默许下，整个政治社会仍然在戒严体制下艰辛地维系其老旧的法统机器，文学与文化生产也遭受到相当程度的扭曲，而且跟整个社会的脉动已经逐渐脱节。我突然间投进这样的一个时空，从初来乍到的陌生到逐渐融入新的环境，我设法贴近这个社会的历史脉搏，并且在这种心境下写出像《龙泉街日记》《辛亥年岁暮西门町所见》《琴与争辩》之类的作品。记忆中的龙泉街就是今天靠近和平东路那一头的师大路，只不过当时尚未拓宽，街两旁尽是各式各样的餐饮摊贩；而当时的西门町当然也不是今日所见的让青少年流连忘返的行人徒步区。那是个还没有麦当劳、必胜客或星巴克的年代。

重读这些诗，我还发现其中不少饶富叙事性，即使若干偏于言志的诗也是如此。写这些诗时对文学其实了解不多，我甚至并不确定日后自己会以研究文学为业，当然更不可能有自己的诗学或理论。一九六〇年代的新马华文文坛不时有所谓现实主义与现代主义之争——这样的争辩至今似乎火苗未熄，余烬尚温，只不过燃火的已是另一批人。现代诗常被笼统视为现代主义的产物，而被批评为语言晦涩，脱离现实。这中间显然误会太深。文学与现实的关系本来就很复杂，其中还涉及语言符号的中介、文类成规的规范、真实与虚构的辩证等，原本就不是三言两语可以道尽。《论语·阳货》篇说，“诗可以兴，可以观，可以群，可以怨”，这种传统诗观不仅扼要地阐明文学的主要功能，亦且多少点出了文学介入现世的复杂现象。重读旧作，我发现这些诗不论言志或载道，其背后所体现的，仍然不脱萨义德（Edward W. Said）在论文学与外在世界的关系时不止一次提到的现世性（worldliness）。对于富有创造力的诗人与作家而言，真正的挑战主要还是在于如何有效地处理创作与现世之间的关系。这也是我在短诗《每一首诗》中的体会。

我原来有意以《午夜读叶慈》一诗为诗集的名称，以纪念三十年前最后一次发表诗，何况叶慈（W. B. Yeats）至今仍是我不时回头阅读的诗人。有同事提醒我这样的书名有些洋腔洋调，而且乍看会让人误以为这是一本叶慈作品的导读。后来我想到过去所写的诗中，有不少是以时间为主题，因此决定以《时间》作为诗集的名称，同时也纪念那一段生活中还有诗的年轻岁月。

谢谢书林的朋友刘森雨和苏恒隆对我这些少作的兴趣；也谢谢张丽芳花了很多心思在诗集的排版与编校方面。若不是丽芳一再催促，我不知道何时才会下定决心整理这本诗集。我还要谢谢助理曾嘉琦的协助。嘉琦花了不少时间把这些诗输入电脑，并细心校对全部诗稿。封面画作是新加坡著名艺术家陈瑞献的油画。这是瑞献最令我动容的画作之一，是一幅极富离散（diaspora）想象的作品。我至今虽无缘亲眼一睹原作，但多年来每次观赏瑞献画集中的复制品，内心仍感动不已。谢谢瑞献应允我采用他这幅画，也谢谢他多年来始终锲而不舍，期待我再回头创作。

我会不会再写诗呢？——希望还会。

二〇〇六年五月四日于台北

《彼南劫灰录》五十年后

依藤（汪开竞）的《彼南劫灰录》被列为赵尔谦所主编的《钟灵丛书》第二号，初刊于一九五七年，迄今刚好五十年。一九六〇年代初我在槟城钟灵中学念书，读过此书不止一遍，印象非常深刻，负笈台湾时行囊中携有此书，可惜这些年来多次搬迁，书早已不复可寻。最近在张锦忠对我的电邮访谈中，我谈到当年就读钟灵中学时教我华文的几位师长，《彼南劫灰录》的作者正是其中之一。最令人兴奋的是，台湾大学总图书馆竟然藏有此书。想到初读此书时仍是青青子衿，四十几年后重温旧卷，物是人非，恍如隔世。

从一九四一年十二月二十五日到一九四五年八月十五日，日军占领槟城三年八个月；“彼南”正是日本帝国主义者赐给槟城的名字，《彼南劫灰录》一书所记实为日据期间槟城的日常生活与精神状态，以及日本统治者种种倒行逆施的乖张作为，史书笔法，生动翔实，而且有叙有议，读来令人动容。书的扉页上的出版日期写的是一九五七年九月，此时马来亚脱离英国殖民统治还没几天，“默迪卡”（Merdeka，马来文“独立”之意）的欢呼声尚未稍歇，国家仍耽于新兴独立的喜悦中，不过距日本战败投降已有十二年了。作者在《后记》中感叹，这十二年中，“世界政治局势已有巨大转变，在槟城各大商行里，东洋货琳琅满目，人们也似乎早已忘掉了‘彼南时代’的一切惨痛经验”。一九六〇年代初我住在槟城外祖父家，外祖父住家路口就有一家汽车商行，里面展示的都是新型的丰田汽车产品。我每次路过，总会驻足观赏或多瞄几眼。当时马来西亚并无国产汽车，路上跑的车子大多是英美产品，日系汽车虽已开始进口，不过尚不普及。同学之间甚至绘声绘影传言，日系汽车脆弱无比，一旦相撞，多半车毁人亡；即使轻轻擦撞，钣金也会露出美禄或阿华田的罐头商标。语多揶揄，口气与眼神流露不屑。其实非独汽车为然，当时日货无疑是劣等品的代名词。不必等到五十年后的今天，大概自一九八〇年代之后，不仅日系汽车满街跑，日制的各种工业机械、电器、化妆品及日用品，甚至于文化产品更早已攻占全球市场，成为优良品质的保证。《彼南劫灰录》的作者所忧心的不是日货，而是人们的健忘——遗忘了历史的教训。日本战败后重建有成，数十年来汲汲营营，不忘推动修宪，矢志要成为所谓的正常国家，从一九六〇年代的《美日安保条约》到今年一月九日将防卫厅改制为防卫省（即国防部），其用心都有脉络可寻。防卫省挂牌之后，日本自卫队海外出兵即成为本职任务，再无任何违宪的疑虑，难怪其首相安倍晋三会踌躇满志地说：“防卫厅升格为防卫省，标志着日本摆脱了战后体制，向创立新的国家迈出重要的一步。”战后日本社会并不乏有识之士——远的如思想家竹内好，近的如诺贝尔文学奖得主大江健三郎——对军国主义与法西斯主义多所反省，但近年来其右翼民族主义者气焰日涨，对日本在太平洋战争时带给邻近国家的痛苦与灾难始终不愿真诚忏悔；而年轻一代对战争的昂贵代价则似乎体会不深，我在日本学术界的一些友人莫不忧心忡忡。

同样悲哀的是选择性的遗忘。二〇〇六年年底马来西亚某些掌权者一再对竖立马来亚抗日纪念碑颇多指责，甚至认为向抗日纪念碑致敬即意味着纪念马来亚共产党。这样的指责无异于坐实了马共在抗日运动中的角色，背后的推论逻辑其实相当怪异：纪念抗日就是纪念马共，为了反对纪念马共，就必须反对纪念抗日。马共虽然自一九八九年的泰国合艾会谈之后即已成为历史，但马共却也是马来西亚历史进程中——特别是反殖与抗日——无法分割的一部分；有些人仍停留在“反共”与“恐共”的冷战思维窠臼中，既不知在历史面前学习谦卑，也不愿、不肯或不敢面对历史事实，再加上权力的傲慢，总以为自己可以一手遮天，为所欲为，包括压制人民的记忆在内——公共纪念碑正好是人民记忆的具体表征。他们自己选择遗忘，也企图强迫别人跟着遗忘，最好像青年作家贺淑芳的一篇小说标题所说的，“别再提起”。只不过历史的吊诡是，为了避免遗忘，偏偏要一再提起，何况别再提起并不表示不存在。《彼南劫灰录》虽然不是一本史学著作，但书中血泪斑斑，对各民族在日据时期的不同遭遇颇多着墨，尤其对谁参与抗日，据实记录，足为历史殷鉴。《钟灵丛书》的主编赵尔谦——也是我在钟灵的师长——在此书的序言中表示，《彼南劫灰录》的出版“是健忘者和苟安者的严重打击，是爱护正义者的福音”，确有先见之明。其实在距钟灵中学不远的阿依淡（Air Itam），就在升旗山的山脚下，早就有一座抗日纪念碑，我在钟灵念书时，如果到阿依淡，都会路经此纪念碑。《彼南劫灰录》里有一段文字这样描述这座纪念碑：“而今堂皇壮丽的纪念碑，已在槟城西北区矗立着，年年受游客们的凭吊；我想不管这些‘烈士’是真正的抗日者，或是莫名其妙被杀掉的，他们在千秋历史上，已经获得一个光荣的地位。”建立纪念碑旨在止痛疗伤，鉴往知来，让后来者诚实记取历史的教训，今天因前人——不管是哪个民族——的牺牲而得享权力与富贵的人竟然对纪念碑感到害怕，宁非怪事！美国诗人罗威尔（Robert Lowell）有诗句云：“他们的纪念碑像一根鱼骨/鲠在这城市的喉咙。”诗句中的纪念碑是为了纪念美国内战时期马萨诸塞州第一个黑人军团而建的。有的纪念碑的确会让某些人芒刺在背，只不过面对历史的公义与真实，这也是无可奈何的事。

《彼南劫灰录》一书除赵尔谦和萧遥天的序言与作者的《后记》外，共收叙事散文四十四篇，时间自日本向英美宣战、拉开太平洋战争的序幕为始，而以广岛与长崎被炸后日本投降为终，这四十四篇散文各有关怀，整体视之则构成了一部蒙难实录，记载了槟城居民——尤其是华人——在日据期间所遭到的屠杀、酷刑、侮辱等苦难，他们所身陷的悲惨世界也正好反映了日本法西斯侵略者的残暴不仁。从这个角度来看，《彼南劫灰录》可说是一本抗议的书——抗议这三年八个月期间日本法西斯主义者惨无人道的烧杀掠夺。从登陆前不分青红皂白的狂炸乱射，到几次肃清行动的滥捕滥杀，到监狱中鞭笞、灌水、炮烙等各种令人发指的恶刑，到“勤劳奉仕队”的劳力剥削与精神迫害，日本侵略者的整个统治可说完全建立在恐怖主义上，只知威吓压榨，无能生产与建设，居民的生活不仅全面倒退，到了日据末期，整个槟岛甚至濒临破产，仿佛发动太平洋战争的目的只是为了烧杀搜刮，而无长治久安的打算。王元化曾经在《一九九一年回忆录》（收于《九十年代日记》）一文中，这样描述日本人统治东北的情形：“在那里，日本人所行的是敲骨吸髓的掠夺政策，一切资源和财物都被抢劫一空，民穷财尽，人人过着牛马般的生活。”从中国到东南亚，其情形显然如出一辙。所谓“大东亚共荣圈”或“大东亚新秩序”的伟大远景充其量只是自欺欺人的口号而已，真正的事实是，“‘皇军’到了，在无孔不入的搜刮之下，第二年就开始闹物资荒。一切战略物资及医药品固被劫掠一空，就是起看一点的日常应用品，也被他们扫个精光，粮食更是不用说”。英国的殖民统治至少让一般人温饱无虞，新的日本统治者带来的却只有恐怖和匮乏，其残暴无能远甚于一般盗匪，当然会引发反抗与抵拒。日据三年八个月，财产损失，身心的创伤不说，依《彼南劫灰录》一书的估计，光被滥炸屠杀的居民至少在一万至一万五千人之间，虽然数字不能和南京大屠杀的三十万人或新加坡（日据时改名“昭南”）的六万人同日而语，但也已经是当时槟城人口的百分之五左右。

《彼南劫灰录》一书对英国殖民主的颟顸无能也语多嘲讽。莱特（Francis Light）于一七八六年八月十一日登陆槟榔屿，将之改称为威尔斯亲王岛（Prince of Wales Island），至日军全面占领为止，英国实质统治槟城已有一百五十多年的历史。像大部分的殖民统治那样，白人统治者与当地居民各有各的活动空间，英国殖民主只要确定殖民秩序——政治的、经济的与文化的——没有受到挑战，利益可以维系，一般上对居民的日常生活是不太干涉的。漫长的殖民历史也造成了居民的依赖心理，这种心理在法农（Frantz Fanon）几部有关殖民心理学的著作——包括《黑皮肤，白面具》（*Black Skin, White Masks*）与《大地哀鸿》（*The Wretched of the Earth*）——中多所析论，无须赘述。用《彼南劫灰录》作者的话说，“大概由于居民一百年来传统心理的作祟吧，他们对于大英帝国的力量估计得很高”。

不过严酷的事实是，大英帝国的殖民军队——主要由英国、澳洲与印度军人组成——根本不堪一击，经日本军机数日轰炸，英军未经交战即仓皇撤退，留下不少米粮与器械：“一个不敢令人置信的谣言到底逐渐证明为事实，驻军在神不知鬼不觉中撤走了。接着是行政人员卷起铺盖，都在晚上偷偷溜走了；两天以后，岛上已难得见一个‘白皮’，虽说仍有几个不愿马上离开。”整个马来半岛和新加坡的英军，后来被日军俘虏的竟达十万名左右，其畏战怕死，简直匪夷所思。而在槟城的英国官民，不愿离开或未及离开的，后来的遭遇颇为不堪。日本军机在连续几天轰炸之后，不仅市街断垣残壁，满目疮痍，街头更是尸体散落，乏人处理，在热带的高温下，面目全非，臭气熏天。清理这些遗体的工作于是落在这些未及逃跑或不愿离去的白人殖民者身上：

白皮俘虏在这几天里大概将是他们一生中最难过的时候。因为这些俘虏，有些是以前殖民地的文官，有的是派头十足的绅士、医生或律师，更有的是平时吃惯牛油鸡蛋的勇士，他们大部分为了来不及逃走，结果被东洋人截住了；现在却在刺刀尖下勉强干起他们最不愿干的下贱工作。而且最难堪的，他们更须在旁边站满黑皮肤、棕皮肤、黄皮肤的亚洲人面前接受东洋佬的命令，而不敢反抗，则同几星期之前还是当地主人的尊严对比起来，其心理上的变化，也真是一言难尽了。

因此，“所谓白种人的优越感，到此确已被彻底粉碎了”。今天读起来，这些叙述暴露了殖民主虚伪与懦弱的一面，当然隐含反殖民或抵殖民的意义，原来平日趾高气扬、八面威风的派头只是场面而已，根本经不起考验。日本右翼法西斯分子对太平洋战争其实另有说法，他们将此侵略战争美化为解放战争——要将亚洲各殖民地自西方强权的殖民统治中解放出来。这些当然都是托词，只是为了使其军国主义的侵略行为合理化。西方殖民主诚然被打败了，可是取而代之的日本统治者，其残忍凶狠却变本加厉，非但未将亚洲各国解放，反而把这些前西方殖民地推进另一个更为黑暗的深渊，使身陷此人间地狱的人民只能像《彼南劫灰录》最后一篇的标题所示的那样追问："光明何处?"

英国殖民军队兵败如山倒的不堪事实无疑是殖民史上的经典笑话，连丘吉尔也深觉难堪。在官员和军人或逃跑或投降之后，英国殖民主最后的一点尊严已经荡然无存，人民看在眼里，即使战后厚着脸皮卷土重来，那也已经是殖民主义的最后垂死挣扎，过去的威望早已消失殆尽。日军投降，英军在阔别三年八个月后，于一九四五年九月一日重新登陆槟城。《彼南劫灰录》中简略记述当时英军重返槟岛的情形，滑稽突梯，读来令人发噱。当时负责欢迎大会的衮衮诸公"临时还凑集了一班音乐队员，穿着破旧的衣服，带着菜色的病容，在烈日下鹄候了好几点钟"。他们误以为欢迎的是"盟军"，而且传言"盟军"中将包括"黄帝的勇士"；结果大家大失所望，迎来的全是"红毛"。于是在失望之余，一场欢迎大会便在"欢呼与吵骂声中结束"，剩下的那班音乐队员，倒是"精神可嘉，大吹大擂，一直恭送'红毛'到军营去，在他们后面跟着衣衫褴褛的小孩子们，咧开了嘴在嘻嘻哈哈地笑"。经过日据三年八个月的搜刮掠夺，槟城事实上已经近乎山穷水尽，面有菜色的乐队团员、衣衫不整的小孩子都是鲜明的具体写照。这种嬉闹笔法当然也反映了时人对英国殖民主之重临槟岛已经不太当一回事了。新马沦陷期间，英国殖民主所能做的大概就是武装其死对头的马共，冀望借马共的力量抗日；不料日本投降后却坐享其成，再次翩然君临马来半岛，当然也为马共日后继续其反殖斗争找到新的理由。

《彼南劫灰录》全书架构大体上是以事为经，以人为纬，人事交错，编织成一部沦陷时期槟城的社会史。日据三年八个月不仅造成生灵涂炭，民不聊生，在日本统治者的淫威之下，人性更是遭到扭曲。全书对日本统治者的蛮横暴虐固然语多挞伐，对日据期间形形色色的众生相也颇多描绘，其中包括了趁火打劫的所谓“乱世英雄”、神通广大的“文化人”、在《彼南新闻》中大发伟论的“彼南红人”、各民族协会的领袖新贵、检举无辜同胞的冒牌“地下工作者”、在大肃清中出卖亲友的所谓“新女性”，等等，群丑乱舞，不一而足。乱世偷生，是非颠倒，价值沦丧，即使指鹿为马，也只能以见怪不怪视之。最让人感到突兀的是作者笔下部分居于槟城的台湾人。当时日本据台已近半个世纪，经过皇民化运动，这些台湾人恐怕有不少早已自视为“皇民”，而与日本统治者站在同一阵线了。他们通晓日语和槟城居民通用的福建话（闽南语），此时正好派上用场，可以居中通译，协调沟通，只是其中却也不缺狐假虎威之辈，甘为新政权的鹰犬，对同文同种的华人时加迫害，并从中谋利。日军登陆槟城之初，即通令将岛上所有汽车集中没收，大官“把最好最新式的一九四一年型轿式大型汽车留下自己享用，其余依次类推，连台湾人也能分到几辆”。这些台湾人既自视为“皇民”，立场有别，他们为日本统治者卖力也是理所当然的事。

《彼南劫灰录》一书对日据末期日本人楚囚对泣的景象也有相当生动传神的观察："有时候到了深夜，人家预备收档了，三四个东洋佬翩然光临；看他们的打扮，分明是高级文官。他们坐在椅上，叫了几色菜，自己带酒来，默不作声地尽情痛喝。……这些东洋佬竟一句话也不说，只是拼命饮酒，饮到一半，有的忽然纵声痛哭，有的则怒发冲冠，不住挥拳击桌，如此闹了一阵子，菜也吃完了，酒也喝光了，然后各人拖着疲乏的脚，一步一瘸地离开了食物摊。"家国沦亡在即，这些日本人行径异于常人，当然可以理解，侵略者终于开始自食苦果了。作者的笔法克制而冷静，并未借此景象大做反战文章，或者进一步将日本人的败相赋予道德寓意。作者在《后记》中清楚说明自己撰写《彼南劫灰录》的立场："我们痛恨日本，是痛恨他们的法西斯精神；我们反对日本，是反对他们的武士道作风。我们对于善良的日本人民，正同沦陷期内的彼南市民一样，也寄予无限的同情。唯法西斯是人类和平大敌，是人类文明进步的绊脚石……应该彻底加以摧毁。"《彼南劫灰录》因此也是一部警世之作，书中事证历历，无不在痛诋法西斯主义的残暴无道，造成多少家破人亡，人性沉沦。战后六十年，虽然没有全面性的世界大战，但区域性的战争始终此起彼落：越南战争、以阿战争、阿富汗战争、波斯湾战争、科索沃战争、伊拉克战争，以及许多国家的内战与灭族屠杀，真是罄竹难书。法西斯的阴影更是以各种面貌蛊惑人类社会：极右翼民族主义、极端爱国主义、宗教基本教义派、种族主义、无限上纲的国家安全等意识形态或政治举措，对民主与人权带来极大的伤害。重读《彼南劫灰录》，最令人胆战心惊的是，我们发现，六十年来人类的物质文明虽然突飞猛进，但是各种毁灭性的武器也因为物质文明的发展而更为精进。经过了六十年，世界显然并没有变得更为安全，人类的残酷与野蛮也没有稍加收敛。

四十多年后重读《彼南劫灰录》，我觉得作者书中的关怀仍有其当代意义。虽然时过境迁，只是殷鉴不远，历史的创伤记忆犹新，《彼南劫灰录》字字血泪，其实隐含底层人民的痛苦呻吟，因此对某些右翼民族主义者心胸褊狭，枉顾史实，妄图泯灭人民记忆的愚昧和骄横，此书容或还有若干澄清的作用。这恐怕不是五十年前我的老师在撰写《彼南劫灰录》时所能够想象的。五十年来有些人好像真的没有什么进步。

二〇〇七年四月

补记：

张锦忠对我的访谈见《过去的时间，不同的空间——李有成答张锦忠越洋电邮访谈》，《星洲日报·文艺春秋》（二〇〇七年四月二十二日与二十九日）。本文提到“二〇〇六年年底马来西亚某些掌权者一再对竖立马来亚抗日纪念碑颇多指责，甚至认为向抗日纪念碑致敬即意味着纪念马来亚共产党”，这些掌权者包括当时的新闻部长再努丁·迈丁（Zainuddin Maidin）与森美兰州州务大臣莫哈末·哈山（Mohamad Hasan）等。

文中另提到大英帝国派驻槟城的殖民军队畏战怕死，未与日军交战即仓皇撤退。近读张承志的《亚细亚的“主义”》一文（《天涯》，二〇〇九年第一期），文中言及当时日军攻打新加坡，英军大败，原因乃出于日军所宣扬的亚细亚主义。英军中的印度兵对此主义信以为真，以为日军为解放亚洲而战，因此阵前倒戈，“英军无条件投降，把部队中的印度兵名簿交给日军”。日军情报官藤原、印度独立联盟的领袖，以及刚成军的印度国民军将领还共同发表演说。“听众陷入了疯狂。‘不休止地拍手，飞上天的帽子，挥舞的手臂’，淹没了新加坡的印度街区——没有人谴责和理睬日军同时对华侨的屠杀。随后，这支新编的二万五千人的印度国民军，便开始与日军协同作战。”可见当时日本法西斯主义者所宣传的“大东亚共荣圈”或“大东亚新秩序”等口号，对某些被殖民者而言还是有吸引力的。这是发生在新加坡的事，英军在槟城不战而退，情形是否类同，还有待进一步了解。张承志的文章为王智明所提供，特此致谢。

二〇〇九年三月二日

《蕉风》五百期

着手写这篇文字时，我正在英格兰东部的诺瑞治（Norwich）。我不仅远离台北，也特意远离伦敦，选择到这座离北海不远的中世纪小城，在东英格利亚大学做客。东英格利亚大学有个国际知名的文学创作课程，栽培了不少著名的作家，像石黑一雄（Kazuo Ishiguro）、麦克尤恩（Ian McEwan）、恩莱特（Anne Enright），以及旅英的马来西亚华人小说家欧大旭（Tash Aw）等，都出身这个文学创作课程。这个课程已经成为一个名副其实的建制。

出版了五百期的《蕉风》，在我看来，当然也是个建制。《蕉风》创刊超过半个世纪，在一个阅读人口不多，并不那么在意文学的环境里，惨淡经营，历经变动，却能够历久弥新，至今仍然昂首向前，不知老之将至，无疑是马华文坛——乃至于世界华文文坛——的一个异数。《蕉风》当是目前华文世界中历史最悠久的文学刊物之一。这样漫长的历史已足堪让《蕉风》成为一个建制，但《蕉风》的重要性不在其历史而已。《蕉风》很像当年几位剑桥大学的学生所创办的《格兰达》（*Granta*）杂志，提倡新书写一向不遗余力，甚至还被不求甚解的人笼统视之为一份现代主义的刊物，对习于因循而不思创新的文坛而言，《蕉风》代表了不同的声音与视野，当然也因此吸引了一些有心求新求变的年轻作者。我不知道马华文学有没有所谓的典范，《蕉风》是否造成了典范兴替，不过被《蕉风》的开放与包容所吸引，且勇于创新的作者大有人在，他们在这份刊物经之营之，有不少终成气候。这些作者所带来的新书写，松动了原来的典律——如果马华文学原来也有典律的话。今天的马华文学面貌多元繁复，《蕉风》数十年来所扮演的何止是“推波助澜”的角色而已？视《蕉风》为建制，只是在说明《蕉风》这数十年所凝聚与发散的影响力，如何改变了马华文学的发展进程；可以确定的是，如果没有《蕉风》，过去几十年的马华文学恐怕要失色不少。

来诺瑞治后，我从学校图书馆借出了一批非裔美国作家鲍尔温（James Baldwin）的研究资料。离开台北前，一家出版社把鲍尔温的第一部小说《山巅宏音》（*Go Tell It on the Mountain*）译成中文，邀我为中文译本撰写导论。《山巅宏音》虽是鲍尔温初试啼声之作，却是他经营了十余年，数易其稿，近乎呕心沥血的结晶。我一向以为，这本小说是鲍尔温的扛鼎之作，将会与其散文集《下回是火》（*The Fire Next Time*）同时传世无疑。《山巅宏音》初刊于一九五三年，早《蕉风》两年面世，距今正好五十五年。这些年来我一直希望有人将这本小说译成中文，五十五年后终于有了不错的译本，我义不容辞一口答应要为这个译本撰写导论。我提到鲍尔温，主要因为鲍尔温正是我参与《蕉风》编务那几年最常阅读的作家。鲍尔温也是我读到的第一位非裔美国作家，一九七〇年我到台湾念书时，行囊中携带的唯一英文书就是鲍尔温的《下回是火》，后来非裔美国文学变成了我的学术领域之一，恐怕早已注定。鲍尔温让我想起二十岁前后那段年轻的岁月。我这几年偶然被问起那些年参加《蕉风》编务的情形，年代邈远——都已经是四十年前的事了——有很多细节封尘已久，不复可寻。许多回忆又破碎零落，难以拼凑成完整的画面，而且对于若干往事的来龙去脉，自己的了解可能相当片面，几十年后更难下定论。二〇〇七年暑假之前，新加坡的方桂香为了撰写博士论文，通过陈瑞献以电邮向我提出几个问题，希望我能够详加答复。那年夏天，我带着方桂香的问题飞到伦敦，蛰居在人文荟萃的布伦斯柏里（Bloomsbury），我的住处周围多的是文人墨客的遗迹。狄更斯、吴尔芙、叶慈、艾略特、欧威尔、燕卜荪、狄伦汤姆斯等都曾经在这里居住过或流连过。方桂香所提的问题之一就是有关我参与《蕉风》编务的情形。有一天晚上，我枯坐在笔记本电脑前，努力在脑海中搜寻往事，想要回答方桂香的问题。对于我在《蕉风》那两年的工作，我这样回答方桂香：

> 应该是一九六七年左右，我中学毕业了差不多一年，无所事事，刚好周唤要离开《学生周报》，姚拓、白垚两位先生问我要不要到周报来服务。于是我就从槟城南下八打灵，到《学生周报》工作。我开始主要负责与文学创作有关的版面，如《文艺》《诗之页》等，之后还加上封面的《文艺专题》《影艺》版。我参与周报的编务一阵子后，应该是一九六九年中，不知道为什么友联出版社内部工作有了调整，黄崖不再主编《蕉风》。姚拓、白垚等接下编务，我也顺理成章参与《蕉风》的工作。陈瑞献也受邀参加，我们几个人就组成一个编委会，开始《蕉风》的改版工作。《蕉风》那个时候发展已经到了瓶颈，不改版也不行了。姚先生基本上放手给我们做，白垚点子较多，

瑞献除了提供意见外，还要写稿、邀稿，甚至设计封面、内页插画等。我主要负责执行编务，包括选稿、邀稿、校稿与联系工作等。因为我手头上还有《学生周报》，加上《蕉风》的编务，一份是周刊，一份是月刊，所以相当忙碌，创作相对之下就少了很多。改版后的《蕉风》的确令人耳目一新，封面的形式应该是瑞献的创意，内容也整个改头换面。如果我没记错，征稿启事是白垚写的，大致上表示《蕉风》是一份不问派别的开放性刊物，只问作品有没有新意。有时候他也写编后话（那时《学生周报》的《文艺》版和《诗之页》的编后话倒是我写的）。《蕉风》在短短的一段时间内推出诗、小说、戏剧等几个专号，以当时新马的创作环境而言，很不容易。这几个专号都颇受好评。在整个过程中瑞献扮演了相当关键性的角色。他要写稿，译稿，邀稿，设计封面，那时我们电话、信函来往很多。有不少西方的作家与诗人第一次被介绍到新马文坛来，相当热闹，的确为文坛开了几扇窗口。我们真的很开放，只问作品好不好，有没有创意。有不少年轻作者受到鼓舞，都愿意试着把作品寄到《蕉风》来，特别是实验性的作品，所以那几年也出现了一些年轻作家。我虽然参与编务只短短一两年的时间，但因缘际会，也做了一些事，那是我年轻时代很值得纪念的一段日子。

这段忆往的文字相当平实，对细节着墨不多；其实细节太多，流于琐事，反而不知从何说起。后来经常有人提起《蕉风》改版那两年的种种，语多肯定，久而久之，还似乎带有若干传奇色彩，这倒是当时的我所无法想象的。那两年扎扎实实的工作显然并非没有效应，正如我在回答方桂香时所说的，我们为马华文学开了几个窗口，马华文学从此不再一样。那时我常想象瑞献在新加坡为《蕉风》埋头苦干的情景，我就经常下班后还带着稿样回到住处深夜校对。

五百期的《蕉风》一字排开不知会有多长？往上叠又不知会有多高？五百期所构筑的历史实实在在，是多少世代的编辑和作者努力的结果。这些年来我有机会断断续续读到《蕉风》，不同世代的编者当然会有不同想法与做法，不过香火不断，薪传不绝，可喜的是，《蕉风》始终维持对新书写的重视。印象中《蕉风》似乎鲜少触碰马来西亚的种族政治，只是独立五十年，支配这个国家的政治、经济、文化生活的主要就是种族政治；像《蕉风》这样一份曲高和寡的华文文学刊物，能够在笼天罩地、无所不在的种族政治的夹缝中出版了五百期，维持了五十余年，不能说不是个奇迹。《蕉风》的存在既是对褊狭的种族政治的嘲讽，同时也证明了官方所谓的国家文学只是残缺的文学而已。世上哪有把那么大比例的公民的文学生产排除在外的国家文学？《蕉风》何止是奇迹？有些人恐怕还不知道，《蕉风》其实早已成为建制。

二〇〇八年八月八日于英国诺瑞治

一九六〇年代的文学往事

一九四八年我出生在马来西亚吉打州中部一个叫班茶（Tanjong Dawai）的小渔村，从小在渔村长大。渔村不大，整个渔村其实也是一座椰林，我估计居民有一二千人，当时华人的人口也许比马来人稍多一点，印度人很少，主要受雇为采椰子的工人。华人和马来人大多数靠海为生，少数则做生意，开杂货店或咖啡店之类的。渔村有华文小学和马来文小学各一间。我小时候就是在当地的崇正国民型华文小学念的。整个学校一到六年级大约有学生一百多人，老师六七位。我不是死读书那种小孩，可是小时候学校成绩很好，除了有一年第二或第三名外，年年都是第一名。后来参加小学会考，成绩也很好，不晓得家人怎么会想到要送我到槟城钟灵中学读书，离家这么远，经济上是相当吃力的，但也从此改变了我一生的命运。钟灵在马来西亚是排名数一数二的华文中学，进来的学生会考成绩必须名列前茅。念初三时我参加初级文凭考试，结果成绩还算不错，就继续留在钟灵念高中。我想念文科，但人太少，文科开不成，我的成绩又没有好到可以进理科（其实我也没有意愿），学校就把我编到商科。我读得毫无兴趣，尤其是那些商业簿记之类的科目，实在枯燥乏味，我就把许多时间用来读课外书。当时的钟灵中学文风鼎盛，几位教我华文的老师——如赵尔谦、萧遥天、吴鹤琴（白鹤）、汪开竞（依藤）等几位师长——都是著名的作家或诗人，我那几年着实也读了不少文学作品。我是一九六六年毕业于钟灵中学的。

喜欢文学似乎是很自然的事。最初是想家，那是念初中的时候。于是我东写西写，有新诗，有散文，还写没有平仄的五言诗。我把这些涂鸦抄在稿纸上，装订成册。上了高中才开始懂得投稿。大概是高一时，因为读了英国作家威尔斯（H. G. Wells）的小说《隐形人》（*Invisible Man*），我就写了一篇讨论威尔斯的短文，约千把字，登在学校新闻的副刊上，这大概是我最早的一篇文学批评吧，好像注定我日后要靠研究文学为生。后来我用“李苍”的笔名写了一些诗和散文，发表在槟城《星槟日报》的副刊上。早期的作品大概相当符合现实主义的要求，歌颂劳动，热爱土地，主要取材自我童年的渔村经验。可惜我身边已经没有这些作品了。当时《星槟日报》的副刊主编是林姗姗先生，彼此熟悉之后我偶尔会把稿子送到编辑部给他，有几次我甚至跑到排字房看我的稿子排好了没有。槟城还有一份《光华日报》。我现在已不记得是否在《光华日报》的副刊上发表过作品了。另外还有一份《南洋晚报》，记得副刊叫《绿原》，主编是林风先生，我也在上头写稿，有时候还用其他笔名。尤其是高中毕业后的那一年，工作无着，前途茫茫，我用各种笔名写了不少东西，稿费居然可以勉强让我避免挨饿。有些笔名我已经记不得了。不过那一段时间对我的文字磨炼很有帮助。

我不记得怎么会知道有这么一个叫“银星”的诗社的。那时诗社是设在槟城的学友会（《学生周报》辖下的青年学生社团）里，先是在中路（Jalan Macalister）槟城佛学院附近一间排屋，后来搬到车水路（Jalan Burma）的一间楼房公寓。我去参加诗社的活动，无非是讲讲诗，办办壁报等。“银星”诗社的主要成员有乔静、秋吟、星云、陈应德等，诗社有一份诗刊，就叫《银星》，是一份现代诗的刊物，原来还出版过单行本的诗刊和诗页，后来后继无力，就借《光华日报》的版面出刊，每月半版。那个年代还有这种事，现在大概不可能了。我后来编《银星》的时候，已经是借《光华日报》的版面出版，而且是最后几期了。每个月稿子弄齐后，我就负责送到《光华日报》的编辑部给温梓川先生。温先生是文坛前辈，《银星》的画版、发排都是他帮忙的。我那时候所写的当然已是所谓的现代诗了。我的转变主要是创作上的需要，原来的形式和语言已经不能满足我的要求。创作就是不断寻觅的过程。

应该是一九六七年左右，我中学毕业了差不多一年，无所事事，刚好周唤要离开《学生周报》，姚拓和白垚两位先生问我要不要到周报来服务。于是我就从槟城南下八打灵，到《学生周报》工作。我开始主要负责与文学创作有关的版面，如《文艺》《诗之页》等，之后还加上封面的《文艺专题》《影艺》版。

参与周报的编务一阵子后，大约是一九六九年中，不知道为什么友联出版社内部工作有了调整，黄崖不再主编《蕉风》。我在友联时有一段时间经常看到黄崖，他主编《蕉风》时发表过我的作品，不过我们不熟，也没有机会交谈。我倒是读了几本他由香港高原出版社印行的小说。姚拓和白垚两位接下《蕉风》编务之后，我也顺理成章参与《蕉风》的工作。陈瑞献也受邀参加，我们几个人就组成一个编委会，开始《蕉风》的改版工作。《蕉风》那个时候发展已经到了瓶颈，不改版也不行了。姚先生基本上放手给我们做，白垚点子较多，瑞献除了提供意见外，还要写稿、邀稿，甚至设计封面、内页插画等。我主要负责执行编务，包括选稿、邀稿、校稿与联系工作等。因为我手头上还有《学生周报》，加上《蕉风》的编务，一份是周刊，一份是月刊，所以相当忙碌，创作相对之下就少了很多。

改版后的《蕉风》的确令人耳目一新，封面的形式应该是瑞献的创意，内容也整个焕然一新。如果我没记错，征稿启事是白垚写的，大致上表示《蕉风》是一份不问派别的开放性刊物，只问作品有没有新意。有时候他也写编后话（那时《学生周报》的《文艺》版和《诗之页》的编后话倒是我写的）。《蕉风》在短短的一段时间内推出诗、小说、戏剧等几个专号，以当时新马的创作环境而言，很不容易。这几个专号都颇受好评。在整个过程中瑞献扮演了相当关键的角色。他要写稿、译稿、邀稿、设计封面，那时我们电话、信函来往很多。有不少西方作家与诗人第一次被介绍到新马文坛来，相当热闹，的确为文坛打开了几扇窗口。我们真的很开放，只问作品好不好，有没有创意。有不少年轻作者受到鼓舞，都愿意试着把作品寄到《蕉风》来，特别是实验性的作品，所以那几年也出现了一些年轻作家。我虽然参与编务只短短大约两年的时间，但因缘际会，也做了一些事，那是我年轻时代很值得纪念的一段日子。

我很早就读过瑞献的创作，在还没到八打灵工作之前，我们应该就有信函来往。我还记得他送过我南洋大学的佛学刊物《贝叶》。等我参与《学生周报》和《蕉风》的编务之后，我们的来往更为频繁。那两三年的合作非常愉快，我们一起做了不少事，特别在推动现代文学方面。我也真正体会到瑞献似乎用之不尽的创作力。他能写，能译，能画，几十年来始终如此，才情与智慧少见。

在到台湾之前，我好像只在新加坡见过瑞献一次。我念博士的时候，他和小菲全家到台湾来，我们才又见面。那时候他的法国朋友戴文治也在台湾。后来我比较常去英国研究或到其他欧洲国家开会，只要路过新加坡，一定会去看他和小菲。瑞献长我几岁，我视他为兄长，他做人做事或从事创作都坚守自己的原则，因此自成风格，很不容易。他在艺事上勇于创新，各种媒介无所不能，最令我敬佩。我的办公室挂的都是他的字画，还有两本他的厚重的画册（其中一本是他从新加坡带到台北送我的，另一本则是他托张锦忠带来给我），每有客人到来，我常让客人翻阅画册，告诉他们瑞献的成就。朋友相交，不一定要常常见面，最重要是心中的那份关怀。这是我和瑞献相交四十多年最深刻的体会。

当时另一位应该一提的人是梁明广。在文学上那是一个相对保守的年代，梁明广扮演的角色因此非常重要。他在《南洋商报》主编的“文艺”版水准很高，敢于采用一些比较实验性的创作，同时译介了不少西方现代文学作家与作品，为沉闷的写作环境带来了一些朝气与新意，因此吸引了不少年轻作者与诗人。他扮演的是开风气与推动、助力的角色。瑞献跟他较熟，他们好像是南洋大学现代语文学系先后期的同学，我猜想瑞献从中帮了不少忙。我跟他不熟，甚至没有印象是否跟他见过面（也许只在新加坡见过一次）。

梁明广也写文章，常用的笔名有完颜藉、黎骚等。他的文字流畅清晰，说理清楚，印象中主要都在鼓吹多元开放的重要性，很有说服力。他也曾经在《蕉风》翻译乔哀思（James Joyce）的《尤里西斯》（*Ulysses*），这也许是中文世界第一次尝试翻译这本巨著，可惜没有译完。如果你是一位敢于实验的作者，当时比较有分量而且友善的园地主要就是《蕉风》和《南洋商报》的“文艺”版。我不记得自己在“文艺”版上发表了多少作品，印象最深的是小说《戒严》分四次登在“文艺”版上，这是少有的事，也可以看出梁明广选稿的气魄。我想很多人跟我一样，都希望看到自己的作品刊登在像“文艺”版这样的园地上。

至于创办犀牛出版社，则是很偶然的一件事。那时候我已经在《学生周报》工作，有一次回槟城，和槟城一群朋友闲谈，大家提议办一份文学刊物，而且要我就近在吉隆坡向内政部申请出版准证。回八打灵后不久，我就着手申请准证，还跑了一两趟内政部，说明办刊物的目的，等等。等了好一阵子，准证没有下来。后来周报方面也有意见；简单地说，就是利益冲突。我其实从没向任何人提过办刊物的事，因为我只是挂名协助申请准证，将来处理出版、编辑等事务势必是槟城那些朋友的事，我已经忙不过来，也知道我的身份更不适合参与编务。我不清楚周报方面是否受内政部官员所托，希望我打消办刊物的念头。总之，为了不让彼此为难，我就告诉槟城的朋友，申请出版准证的事我没办法帮忙了。后来大家决定放弃办刊物，改设立出版社。于是才有后来的犀牛出版社。

这是一个同仁出版社，大家凑一点钱，就办起来了。至于怎么出版、怎么发行等等，大概大家事前也没有多想。出版社为什么叫“犀牛”，我也不记得了。也许犀牛是濒临绝种的动物，值得珍惜，不过那个年代大概还没有这种生态保育的观念。也许犀牛莽撞，我们正好需要一点莽撞的精神。也许还隐含俗话说的“犀牛望月”之类自嘲的意味。我倒是记得出版社的标志是陈庆丰设计的。庆丰是我在钟灵中学的先后期同学，很会画画，常参与当时槟城学友会的活动。出版社从开办到后来的大小杂务，大概麦秀尽力最多。

出版社好像只出版几本书就慢慢无疾而终了。第一本书就是我的诗集《鸟及其他》，应该是在一九七〇年上半年出版的，那年八月底我就到台湾念书了。后来还陆续出版了梅淑贞的《梅诗集》、思采的《风向》、麦秀的小说集《再见斑马线》、川谷编的《犀牛散文选》等，之后是否还有别的书，我就不太清楚了。我后来忙于生活与学业，联系就慢慢少了。我不清楚犀牛出版社带来了什么影响，不过那时候出书很难，文学创作也不可能有什么销路，有机会把我们这些人的散篇作品结集出版，总是一件好事。现在偶尔还有人提起犀牛出版社，还真的似乎有点传奇性。

二〇一一年二月十日

附记：

二〇〇七年七月，新加坡的方桂香为了撰写博士论文，函询我几个问题。是年八月我到伦敦短期研究，利用空闲时间回答方桂香的问题。这篇回忆文字即以答复方桂香的提问为底，经《星洲日报·文艺春秋》主编黄俊麟重新编辑，再由我略加增删而成。

我的朋友赵绮娜

听到赵绮娜往生的消息，我先是错愕、震惊，继之内心是深沉的悲伤，一时之间不知道如何处理心中的哀痛。今年一月中我还见过她，没想到那是最后一次见面。那是一月十一日的下午，我在台大刚开完《中外文学》编辑委员会的会议，走出外文系的会议室，刚好看见绮娜从文学院左侧的楼梯下来，我们就在楼梯口聊了十来分钟。我因为必须参加博士生的资格口试，只好匆忙结束那一次短暂的谈话。我记得还特地问她最近有没有新作。

第二天我进研究室，打开电脑邮箱就看到绮娜的电邮，那是前一天下午三时二十分发出的，还有附档，是她前年底发表在《台大历史学报》第四十八期的长文《观察美国——台湾菁英笔下的美国形象与教育交换计划，1950—1970》。文档有几页她校订过的地方，应属定本。绮娜的电邮很短，不分段落：

> 有成兄：我常去欧美所图书馆，偶尔也会见到旧同事，却很少见到你，今天很高兴在台大见到老同事。寄上我在前年底发表的论文，请指正。绮娜

我立即给她回了一封简短的电邮：

绮娜：

今天下午很高兴遇见你，你精神气色都很好。可惜我必须参加学生口试，无法长谈。下次来所，希望有机会再聊。谢谢大作，一定拜读。

祝

愉快

有成

我的短邮开头所说的“今天”显然是笔误，指的应该是“昨天”。我说她“精神气色都很好”，绝非客套话。那一天绮娜自始至终笑容可掬，脸色健康，毫无疲态，言谈中对自己的教学与研究充满了热忱与喜悦。这是绮娜留给我最后的美好印象，我怎么可能会想到两个月后她就骤然弃世，从此再也见不到她了呢？世事无常，信然。

绮娜小我一岁，我一直都以名字称呼她，她则始终称我“有成兄”。一九七七年我进入“中央研究院”美国文化研究所（一九九一年易名欧美研究所）担任助理，绮娜正在美国北卡罗来纳大学念博士；我要在进所两三年后，绮娜从美国回来，才初识这位久闻其名的同事。那时的美国文化研究所就只有现今图书馆一栋大楼，人员不多，研究室也相当狭小克难。在我们同时担任助理研究员那个阶段，我和绮娜的研究室在图书馆三楼，比邻而居；研究室以木板隔间，毫无隔音效果，遇有电话或访客，所有谈话前后隔壁都听得一清二楚。还好那个时候我们年轻，电话与访客都不多，日夜只知道用功读书。绮娜在写博士论文，我也在修学位，我们都住南港，因此常在下班饭后再回到研究室，一直到深夜才离去。我从那个时候开始比较常跟绮娜聊天，也多少了解她的学术关怀。

绮娜的研究做得相当辛苦。她治冷战时期的台湾地区与美国文化交流史，除了勤跑台湾几个庋藏档案的机构之外，还必须不时到美国的国会图书馆、国家档案局、斯坦福大学的胡佛研究所等机构去查阅档案，真是应了傅斯年先生所说的“上穷碧落下黄泉，动手动脚找东西”。绮娜是位非常认真勤奋的学者，可是却不多产，其实与她选择的研究领域与议题有关，再加上她下笔慎重，字斟句酌，特别是对文献档案的判读与诠释。在一个重视量产的学术环境里，绮娜那种“慢工出细活”的学术生产明显是要吃亏的。

绮娜其实也读我们几位文学同仁的论文。我们的论文都重视文学生产背后的文化政治，与她的学术关怀不无关系。绮娜跟我说过，她注意到史学研究与文学研究也有共通的地方，那就是面对文献档案与文本时复杂的诠释问题。我们其实自绮娜的研究中了解台、美之间的文化交流活动，对我们研究冷战时期的翻译计划与文学生产很有启发意义。像她发表于《欧美研究》第三十一卷第一期的《美国政府在台湾的教育与文化交流活动（一九五一至一九七〇）》，即是一篇广泛地被治冷战文学的学者参考的重要论文。跟绮娜的其他论文一样，这篇论文资料丰富，言必有据，绮娜为我们厘清文化如何介入冷战的斗争中，成为东、西方对抗的重要意识形态工具。我因为曾经细读过绮娜的几篇论文，又在同一个屋檐下工作，对她的研究略有所知，所以对她非常敬重。

二〇〇三年绮娜转到台大历史系任教，我当时忙于“中央研究院”总办事处的行政工作，回所的时间仿如蜻蜓点水，因此事先并不知情。那一年暑假我接任欧美研究所所长，绮娜转任台大教职的事已经尘埃落定。台湾非常缺乏外国史的学者，治美国史的学者也屈指可数。以美国对我们的影响，情况令人忧心。我记得有一次遇见绮娜，谈及她在台大的教学情形，我还特别期望她能启发几位高足向美国史发展。自从绮娜离开欧美所之后，我们见面的机会更少了。

我跟绮娜不能算深交。我甚至不记得我们是否曾经一起吃饭或喝咖啡。不过我们互敬互重，也算是谈得来的朋友。这几年我陆续失去亲人与师长，但这些亲人与师长多属年老或久病，绮娜却与我同辈，平时也知道养生，只是勤于教学与研究，轻忽了自己的身体状况，遽然辞世，至今我仍然难以接受。绮娜留下若干论文，都是她数十年来焚膏继晷的心血结晶，我衷心盼望台大历史系或台大出版中心能够将绮娜这些论文结集出版，方便后人参阅，这也是纪念绮娜最有意义的方式。

绮娜走了，走得那么突然，我很不舍。我有幸认识绮娜，而且还与她共事多年。我永远会记得她爽朗的笑声、俏丽的短发、浅浅的酒窝、充满朝气的身影——还有，她对教育与学术的热诚与专注。绮娜，路上走好，请安息。

二〇一三年四月十九日

怀念何乃健

九月三日夜里收到陈政欣私讯，言何乃健于当晚七时许往生。这真是晴天霹雳，我先是震惊，继之伤痛不已，久久无法置信。我想起最近一次跟乃健见面，那是二〇一二年的七月，我应金宝拉曼大学之邀出席马华现代诗学术研讨会。在学术界三十余年，这还是我第一次在马来西亚参加类似的学术活动，乃健、冰谷及陈政欣等老友知道我要来，特地从北马南下跟我相见。这是我们相隔四十多年后第一次见面。研讨会见到不少旧遇新知，我又必须准备演讲，因此没有太多时间深谈。记得乃健在研讨会第一天听完我的演讲后就因事离去，来去匆忙。我当下心里决定，要找一天回北马跟老友们好好叙旧。

二〇一三年一月间我到伦敦研究，预定春节时回老家过节，同时拜访几位住在北马的老友。只是没想到家母在家人毫无心理准备之下遽然辞世，我匆忙自伦敦飞回北马奔丧。忙完母亲后事，接着是旧历春节，因为重孝在身，依习俗不宜外出拜年，我不得不取消探访老友们的计划。之前听政欣说乃健刚动了手术，所幸手术成功，正在静养中。我挂了个电话给他，可惜电话没人接听，我只好留言祝福他早日康复。二〇一四年八月我又到伦敦，行前请政欣代为安排，回程将再赴北马会诸老友，乃健当然在邀约之列，不巧他已另有行程，八月二十五日槟城之约因此独少了他，没想到缘悭一面竟是永别，金宝之会已是我们最后一次见面。世事无常，憾事甚多，信然。

乃健才情早露，在槟城韩江中学念书时已有诗名，一九六五年就出版诗集《碎叶》。我们虽然不是同校，但是很早就彼此认识，我十六七岁，他大我两岁，是我少年时代的知交。在我离开槟城前一两年，我们往来最为频繁，差不多隔几天就会见面。除了文学，我们的共同嗜好是看电影，而且好像什么电影都看。前不久我为杜忠全的《老槟城的娱乐风华》一书写序，文中特别提到我和乃健看电影的往事：

> 我离开槟城前一两年，何乃健正在美以美男校的黄昏班读大学预科（Form Six），乃健骑脚踏车路过车水路，常会找我去新世界看电影。乃健知道善用时间，有时候为了配合上课，他会在看了第一场电影的上半部之后，匆匆赶去学校，上完课又回来看第二场的下半部。这样上、下部加起来，就观赏了完整的一部电影。

当年的新世界是一座大型游乐场，里面有两家电影院，为了省钱，我和乃健是站着看电影的。端看乃健如何善用时间，就知道他在生活上是位严谨而有条不紊的人。

一九六七年我到八打灵再也工作，先后参与《学生周报》与《蕉风》的编务，不久乃健进入马来亚大学习农，也搬到八打灵再也来；巧的是，他竟然寄居在我住处对面，也就是林木海（慧适）的家。我知道乃健勤于向学，因此不太打搅他，不过我们还是经常见面，多半是他经过我住处旁的巷子，对着我房间的窗户招呼我外出。我们通常在社区的咖啡店晚餐或宵夜，我记得我们最常吃的是那种黑酱油福建炒面。有时候一杯咖啡或薏米水，天南地北，无所不谈。那时候乃健初进马大，课业繁重，已经减少创作，我倒是不时邀他为《学生周报》与《蕉风》写稿。乃健念旧，他日后似乎对这段往事记忆尤深，在提到他的第一本散文集《那年的草色》时，还特别强调集子所收的多半是那几年完成的作品。在写于二〇〇七年的《海天·蕉风·那年的草色》这篇回忆文章里，乃健还不忘这段往事，他说："设若没有李有成的鼓励，我也很可能写不出这些散文。若没有《那年的草色》，我对文学创作的激情可能早就熄灭了。"后来他在与杜忠全的谈话中，仍然对这件事念念不忘。乃健当然言重了，在我看来，即使没有我为他敲边鼓，他往后还是会不忘初衷，继续创作的，毕竟文学与农学是他一生志业的主要寄托。

乃健可能不知，多年来我身边一直留有他那本《那年的草色》。而在我少年时代的槟城知交中，几位同学之外，这几十年来我最怀念的就是他和麦秀——麦秀与他是韩江先后期同学，记忆中我们还是经由麦秀而认识的。少年时代未来虽如茫然荒野，但朋友之间感情单纯而真挚，即使几十年未见，时间仿佛静止，那份情谊经多年沉淀，醇然依旧。这四十多年，我从青年而壮年而微入老年，这些朋友始终常记在心。我从网路与其他朋友处得知，乃健后来成为贡献卓著的水稻专家，可喜的是，正如我所预期的，他果然创作不断，而且获得不少文学奖项。二〇一二年七月我们在金宝重逢，他送给我的厚礼是一套五卷的《何乃健诗文集》，以及由他逐篇析论的《陈瑞献寓言》。在瑞献这本寓言中，乃健还在扉页为我题词：

平常心是道

行住坐卧皆是禅

我知道乃健长年精进佛学，这些题词犹如棒喝，一定是他修佛习禅的深刻体会。在心境上对世事已经如此澄然豁达，可以想象乃健对疲劳生死早有了悟。早在一九九二年的《死亡的力量》一文中，他就有这样的体悟："众生都在一条迂回曲折的激流中逆水行舟。激流的下游是一个比黑狱还阴暗的深潭，上游却是圣洁庄严的极乐世界。我们如果要力争上游，就必须从一个险滩竭力划向另一个险滩，这些险滩就是让我们暂时歇憩的死亡。"这样的体认已然看破生死，不再受缚于哈姆雷特那种"存在或不存在"的困惑与忧惧。听说乃健在离世前，犹一一向家人道别，仿若要出远门。乃健在诠释瑞献的寓言《善终》一则时，就曾这样描述寓言中的老蝙蝠："由于临终之前已做好了一切准备，心无牵挂，老蝙蝠在生命的终点并不彷徨恐惧，死亡对它而言也并不可怕。"乃健在尘世的最后身影正好体现了瑞献寓言的终极关怀，用他自己的话说，"从此来去自由，心如虚空"。这不也正是《心经》所说的"心无挂碍，无挂碍故，无有恐怖，远离颠倒梦想，究竟涅槃"？

九月三日深夜在获知不幸的消息后，我立即函告瑞献此事。瑞献在悲伤中复函表示："乃健往生，令我震惊伤痛，不久前曾与之通长话，谈及病后康复护理等事，语气积极乐观，讵天不假年，世缘已尽，遽此永隔。乃健心地发明，人品高尚，诗文列于一时之冠冕，所著寓言解析，仍在苏州《文汇雅聚》杂志连刊，广受编读喜爱。世事元常，人生匆旅一段，生者好自修持为要。"瑞献函中对乃健的赞语句句诚挚中肯，正是我所认识的乃健。少时老友去矣，我深夜为文，泪眼模糊，不知如何终篇！

二〇一四年九月十一日深夜于台北

侧写周梦蝶

一

一九七〇年代末至一九八〇年代中，有六年时间，我在台湾“中央大学”英文系兼课，主要讲授英国文学史，每周四小时，分两次上课，因此我每周必须到中大两次。我的课都排在下午。中大位于桃园县的中坜，距台北约一个小时车程，我通常搭学校的交通车来往台北与中坜之间。我们大部分教师都会在武昌街城隍庙对面等候交通车。等车的地方就是在艺文界颇负盛名的明星咖啡屋，咖啡屋斗大的招牌写着“明星西点咖啡”。

与明星咖啡屋隔着一爿店铺的是一家叫“好味道排骨大王”的老餐厅，专卖猪排、鱼排、鸡腿面饭，但也提供家常小菜。这家餐厅分一、二楼，店面老旧，进门处就是厨房，炸过的鸡腿在大油锅边叠得高高的，也是奇观。餐厅谈不上服务，不时还可听到服务生的吆喝声，热闹嘈杂，别有情趣。由于是老牌餐厅，客源固定，加上其面饭颇有特色，价位平民，因此生意不错。我用餐保守，几乎每次都点鱼排饭与鱼头豆腐汤——其实就是味噌汤。有时候我也加点猪血、豆干之类的小菜。好味道的鱼排不裹玉米粉，多半还带大骨，直接下锅油炸，保留了鱼鲜味。鱼排饭以大碗装，除鱼排外，饭上还附雪菜或切成小段的青江菜。重要的是淋上稠而不油的卤肉汁，相当下饭。鱼头豆腐汤的味噌浓淡恰到好处，豆腐与切块鱼头绝不少给，撒上葱花，至今令我难忘。

吃过中饭后，我就到明星咖啡屋的骑楼等候交通车。骑楼其实就是周梦蝶先生的书摊。那年头台北还没有金石堂，没有诚品等大型连锁书店，与武昌街交界的重庆南路是台北——也是台湾——最大的图书聚散地，光在这儿就有十来家规模不小的书店。重庆南路的骑楼也有一些书报摊，少数几家还兼卖农民历或录影带——那时候个人电脑还不普遍，当然更没有光碟。

周先生的书摊不外就是几排书架，靠着明星咖啡屋的外墙和柱子直立着，上面摆满了书籍，有新有旧，其中诗集不少。这是一大特色。周先生多半会在书架旁静静坐着，或看书，或写字，或静观人来人往。有时候他人却不见踪影，也未见有人代为看顾书摊。我就曾经有过想要买书却无处付钱的经验。由于学校的交通车无法等人，我只好把书放回书架去。

有几次我还见到一两位年轻人跟周先生讲话，看起来属于好奇心重的文艺青年。余光中老师说那些年周先生是“武昌街的街头导师”，指的大概就是这个景象。我那时早已过了文艺青年的年龄，每日东奔西跑，为生活劳碌，加上个性腼腆，虽然几乎每周都会见到周先生，还不时向他买书，不过我始终谨守身为读者与顾客的分寸，从来没有打扰过他。这样的情形大约维持了一年光景，有一天又去明星咖啡屋骑楼等车，我发现周先生不在，书架也不见了。那以后很多年我就没再见到他，这些年来有关他的消息或动态我都是从报章或友人处得知的。

二〇一三年三月二十四、二十五日两天，在台湾大学有一场“观照与低回：周梦蝶手稿、创作、宗教与艺术国际研讨会”，我在第一天的研讨会上见到周先生，距上次看到他相隔已经三十多年，周先生已经高龄九十二岁，而我也已微入老年了。后来读到曾进丰先生为周先生所编的年表，我才知道那一年（一九八〇年）周先生是因为胃溃疡、十二指肠堵塞等病痛动了手术，而不得不结束他二十一年的书摊生涯。

二

二〇一三年三月二十四日在“周梦蝶手稿与创作文物展”现场看到画家陈庭诗先生为周梦蝶先生所摄的一张造像，我才想起当年在武昌街明星咖啡屋骑楼偶尔也会见到周先生在书架旁闭目养神，甚至看起来似乎进入禅定的状态，尤其在冬日午后。在陈庭诗先生这帧摄影作品中，老诗人身上裹着厚重的长大衣，头戴毛制帽子，斜靠在骑楼柱子与书架之间，仿佛真的入睡了，丝毫无视于武昌街路窄车多，骑楼更是人行匆忙。显然这是冬日才能见到的景象。只是不知道在这帧造像中，周先生的睡姿是摆出来的呢，还是无意中被陈庭诗先生捕捉到的。不过我确实有几次亲见周先生坐在书摊上闭眼入定的情景。这时候我即使看上了什么好书都不忍吵醒他。这是一种很奇怪的互动。

陈庭诗先生以现代版画与铁雕知名，为诗人老友，即诗人在《风耳楼坠简》所说的“耳公空空道人”，并称誉陈先生“多情，锐感，兼有山人之萧散与剑人之侠烈，为二十世纪少有的耿耿不寐的夜眼之一”。周先生于二〇〇六年出版的诗集《约会》“辑一”总题为“陈庭诗卷”，副题“为耳公陈庭诗兄铁雕展作，即以其题为题”。此辑收诗八首，其中《蚀》一首又分“之一”“之二”“之三”三首。

这些诗中不乏传诵一时之作。譬如《诗与创造》一诗将诗人与上帝等量齐观，虽非新见，但最后一节突发奇想，又刻意要让诗人与上帝互比高低，就像两个孩子在母亲跟前争宠：

上帝与诗人本一母同胞生：
一般的手眼，一般的光环；
看！谁更巍峨更谦虚
谁乐于坐在谁的右边？

另一首《约翰走路》则以施洗者约翰的故事（见《新约·马太福音》14：1－13）叙写义人之寂寞孤单：

血！终不为不义流。
抛一个只有过来人才深知冷暖的浅笑
那人渐行渐远渐明灭如北斗
手里挟着自己的头颅

诗人好友的陈庭诗先生为福建人，生于一九一五年，童年时失聪，对日抗战期间曾以“耳氏”为笔名发表木刻版画，此或为周梦蝶先生所称“耳公”一词之由来。陈先生于一九四五年抗战胜利后来台，次年担任日本据台时期著名作家杨逵先生创办之《文化交流》之客编。一九四七年因“二二八”事件回返福建，一九四八年再度来台。一九五八年参与创办现代版画会，以版画与铁雕著名。陈先生于二〇〇二年以八十七高寿病逝于台中县太平市。

二〇一四年五月

后记：

诗人周梦蝶先生本名周起述，一九二一年二月十日生于河南省淅川县马镫乡，二〇一四年五月一日下午二时许因多重器官衰竭病逝于新北市新店慈济医院，享年九十三岁。周先生著有诗集《孤独国》《还魂草》《约会》《十三朵白菊花》等数种，其作品多收入《周梦蝶诗文集》三卷。

忆白垚

这里我就从众，跟文学界的朋友一样称他白垚，其实从认识他第一天开始，我就一直叫他刘哥，正好与他另一个笔名“刘戈”同音。初识他时我十六七岁，他则三十出头。那时候《学生周报》在马六甲、吉隆坡、怡保、太平、槟城等地设有学友会，类似读者联谊社，我在钟灵国民型中学念书，忘了是何因缘——应该是始于喜爱创作——，我参加学友会和银星诗社若干与写作有关的活动。银星诗社其实就附设在学友会里。我记得图书室有一个小玻璃矮柜，堆积着过期的《银星》诗刊。一九六九年“五一三”种族事件之后，在严峻的政治氛围之下，各地学友会陆续解散，那一批《银星》诗刊最后也不知去向了。

其时我对白垚了解不多，只知道他来自香港，留学台湾，自台大历史系毕业。他个子高大，声音洪亮，写诗，而且提倡现代诗。他偶尔北上槟城视察学友会的业务，知道我写诗，跟我们几位写诗的朋友——包括乔静（何殷资）、秋吟（黄运禄）、陈应德等——很谈得来。几次见面，我跟他渐渐熟悉。后来我也参加了槟城学友会主办的潮声野餐会与各地学友会在金马仑高原合办的生活营，朝夕相处，更拉近了我们的距离。当时我偶尔投稿《学生周报》，作品多半会被采用，有些诗甚至刊登在封面的“文艺专题”，有图有诗，套色印刷，相当美观。“文艺专题”的主编严三湄是白垚的夫人严汉平，我们称严姐，不过有时选诗选图的工作还是白垚代劳。

我们真正变得更为熟悉是我到《学生周报》编辑部工作之后。当年我如何接下《学生周报》的编务，五十年前旧事，许多细节我已不复记忆。白垚倒是在一篇题为《卷土穿山，兼写天地：反叛文学的凯歌》的回忆文章中留下蛛丝马迹。那应该是一九六七或一九六八年，白垚说：“周唤出国读书，《学生周报》需人接编，我去槟城找李苍，士别三日，文学的识见格局，更大有精进，有愤怒的回顾，也有理性的前瞻，有英挺的锐气，也有内省的融和。灯下详谈，论及文化工作，他表示出国深造之前，能当《学生周报》编辑，以增历练，固所愿也。”李苍者，即我那时常用的笔名。白垚这段文字当然多属溢美，我当时年轻，少不更事，读书不多，可能不知藏拙，乱发议论，贻笑大方，想来令人汗颜。不过其时我已自钟灵毕业，既无家业可以继承，一时又无所事事，对未来一片茫然，因此答应他愿意一试倒是顺理成章的事。至于我怎么到吉隆坡的，又怎么安顿下来，如今竟已毫无记忆。

当年我十八九岁，唯一谈得上的编辑经验是编了几期的《银星》诗刊，在温梓川先生的协助下，借《光华日报》的版位出刊。其他的零星经验就是担任过高中毕业特刊与学友会壁报的主编。我就这样拎着简单衣物和书籍只身南下八打灵再也，开始我的编辑生涯。《学生周报》编辑部在一栋矮房子里，里面还有友联旗下其他单位的办公室。我的编辑室不大，摆着两张书桌，靠墙处有些柜子置放作者来稿与读者来信等。我用了里面的一张书桌，近门的一张则要等到数个月后，才由张少兰——也就是白垚笔下的小月亮悄凌——使用。我和少兰也因此对面而坐大约有两年时间，直到我离职。

初任编辑，我最先接下的是过去由周唤主编的《诗之页》。《学生周报》每周出刊，版面不少，每版各有编辑，不过我却是唯一专职的，其他编辑如姚拓、白垚等在友联各有所司。姚先生主要负责教科书与参考书的业务，白垚则主管马来亚印刷厂——友联各单位的出版品都交由这家印刷厂印制。那时的印刷厂是一条鞭作业，从检字、排版、印刷到装帧一气呵成。另外还有一位小余（我已经记不起他的名字）负责英文与马来文版，他其实是友联的秘书。编辑业务逐渐熟悉之后，我的工作量开始加重，负责的版面也逐步增多，而且送印前还必须把全份刊物校过，确认无误后才能上车印刷。少兰后来工作也渐渐增加，在我辞去编务之前，《学生周报》的主要工作差不多就落在我和少兰身上。

姚先生一直固定写他每周一篇的周报社论“自由谈”，同时以鲁阎王之名评点学生习作。白垚后来因为工作繁忙而将《文艺》《影艺》《文艺专题》诸版交由我负责。他有一首旧诗题为《掣电驰风》，写他入主马来亚印刷厂的心情，心中颇有感慨：

掣电机吞八斗墨，奔雷夜走五车书，
世途转折能谁料？又作尘沙万里征。

后来大概只有在周报改版时，他对开本与版面形式的讨论介入较深外，基本上不再过问周报的编务。不过他对周报的关心不减，每周出刊时，他往往是最早的读者，读到熟人的佳作，他还会对我表示激赏，兴奋之情，溢于言表。他偶尔也会到我和少兰的编辑室来聊天，话题也多半与周报和《蕉风》的创作有关。

持平而论，姚拓和白垚都很尊重我们的工作。记忆中我怎么选稿、怎么画版从来就不曾受到任何干涉，也从来没有人给我任何指示。用今天的话说，这是一种责任制，我们的责任在努力维持《学生周报》的水准，让刊物准时出版，甚至周报的发行也不关我们的事——负责发行的其实另有其人，即我们私下称为老古的小说家原上草。只有一次姚先生找我谈话，表示有读者向他抱怨周报的诗难懂，要我多加留意。那个时代对现代诗的接受不像现在那么理所当然，这样的抱怨可以了解。我倒也没有特别放在心上，至少我在选稿时并未受到影响。白垚则自始至终是现代诗的重要推手，他自己的创作未必那么现代，但他对现代文学的支持可说无怨无悔，简直到了“衣带渐宽终不悔”。总之，参与《学生周报》工作那几年，在编务上获得充分的自由与信任，我至今仍然感激。

那时候姚拓与白垚两人对戏剧相当投入。姚先生将巴金的小说《憩园》改编为四幕剧，后来由吉隆坡的剧艺研究会演出，是艺文界的一件大事。我去观赏后写了一篇剧评，发表在《中国报》上，在赞赏之余，对饰演男主角的演员演技小有意见。这位演员还因此向姚先生表示不满。当时白垚经营多年的歌剧《汉丽宝》大致已经完成，正交由音乐家陈洛汉谱曲，可惜等到《汉丽宝》正式演出时我已经到台湾读书，无法躬逢其盛。《憩园》与《汉丽宝》这两个剧本后来全文刊登在《蕉风》二〇七期（一九七〇年一月号与二月号合刊）的戏剧特大号上，在当时称得上是大手笔一件。

谈到《蕉风》的戏剧特大号，就不能不谈《蕉风》的革新改版。《蕉风》以新面貌出刊是一九六九年八月号的二〇二期，随后一两年内，《蕉风》时有新的想法与作法，“迁旧秩，壮新猷”，可说是我们几个人当时的共同愿望。所谓“我们”，指的是改版后《蕉风》的四人编辑群：姚拓、白垚、牧羚奴（陈瑞献）与我。在改版之前，《蕉风》的主编是黄崖。他是著名小说家，作品主要由香港徐速所主持的高原出版社印行。我在槟城时已多次见过黄崖，没有深谈，不过还算熟识。他主编《蕉风》时也发表过我的作品。他是友联的一分子，我到《学生周报》任职后经常与他碰面，因为《蕉风》的编辑部也在同一栋矮房子里，不过每次碰面也只是点头问好，印象中似乎不曾有任何交谈。

我原先并不清楚何以黄崖要卸下《蕉风》的编务，后来读到白垚的《非关立异与标奇》一文，对内情才稍有了解。白垚说：“那时黄崖热心政治，把精神放在政党的工作上去，《蕉风》可有可无，他在文学和政治之间的分寸，倒拿捏得准，没有让《蕉风》为人民服务去，有事钟无艳，姚拓又想起我这个候补，要我接编《蕉风》，我问李苍，李苍建议把牧羚奴也请进来，我和姚拓谈，就这样定了下来。”白垚这段简短的说明相当重要。友联主其事者大部分为第一代移民，离散南来不能算久，他们志在文化与商业，揆时度势，严守分寸，极不愿意卷入党同伐异的政治活动中。当时距“五一三”种族事件其实不久，时间敏感，政情诡谲，他们的顾虑也不难了解。

《蕉风》决定改版之后，我们就分头工作。白垚在上引的文章中还有一段文字叙述我们的改革理念与分工情形：“《蕉风》二零二期改版，形式与内容都有改变。二十四开，近乎方形的开本，是牧羚奴提出的，采用本地作品，不转载，是共同的意见，其实，这点重要极了，却常为论者忽略。分工方面，马来西亚由李苍负责，新加坡由牧羚奴负责选稿约稿，我当执行编辑，写每期的编后话《风讯》，并起草一则新的稿约，我们就这么上路了。”白垚的回忆大致属实，不过说起来简单，做起来可不是那么行云流水，主要因为可用的留稿不多，需要另起炉灶。除了分头邀稿之外，我们甚至必须亲自下厨，几经努力，最后才端出一桌差可见人的佳肴来。

其实我们当时各有专职。姚拓与白垚不说，陈瑞献时任法国驻新加坡大使馆新闻秘书，我的《学生周报》编务也已相当繁重。瑞献大我几岁，我们都算是文艺青年，热爱文学，不计得失，乐于奉献。那时尚无电传，遑论电邮，我和瑞献联络，纯靠电话与邮寄。以写稿、译稿、约稿、组稿、插图、设计而言，瑞献付出极多，功不可没。我则邀稿、看稿、校稿，加上周报的工作，一份周刊与一份月刊，忙得日夜难分。改版后的《蕉风》在一年内分别推出诗专号（二〇五期）、戏剧特大号（二〇七期）及小说特大号（二一一期），而且内容不弱，普受好评，现在想起来还有些不可思议。四五十年后我常被询及当时编务的来龙去脉，《蕉风》那一段历史经历如今倒像是一则传奇。

改版后《蕉风》的编后话《风讯》确实由白垚执笔，他下笔认真，经常借题发挥。他写的《稿约》相当简单，很能反映我们的共同想法。这则《稿约》还真的颇有回响。在戏剧特大号的《风讯》中，白垚就引述了一位作者的来信：“我最欣赏的是那一篇稿约，很多编者总是搞不清楚态度和题材根本是两回事，可能他们压根儿就没有考虑到态度这一回事。在他们井蛙似的眼光中，只要内容是‘健康’的，‘有教育性’的，那就是一篇‘好’作品，其实，作者的态度可能是轻浮的，玩世不恭的。……我一向认为……一位作者最主要的品德，就是对他自己诚实。”这位作者叫山芭仔，即今天大家所熟知的温祥英，当时他已颇有文名。他信中所描述的其实是那个年代的支配性文学环境，当时我们可能没有意识到，改版后的《蕉风》想要改变的正是那样的文学——乃至于意识形态——环境。

一九七〇年八月我决定去国念书，自然无法再闻问《学生周报》与《蕉风》的编务。一九七五年我大学毕业，教书一年后回返马来西亚，记忆中与白垚曾经匆匆一晤，此后四十年即未再见面。后来听说他全家移居美国，天涯海角，相见更是不易。倒是两年前他托早慧寄来他的大著《缕云起于绿草》，其中不少回忆可见我们年轻的身影，我捧读再三，不胜唏嘘！

端午假日清晨，忽接张锦忠私讯，言白垚于端午前夕因跌倒重伤，药石无功，而以八十一岁高龄不幸于休斯敦辞世。我与白垚虽然数十年未见，当年若干记忆却仍历历在目，骤闻噩耗，感伤不已。年轻时白垚对我提携甚多，且时加勉励，这篇短文略记当年共事点滴，聊志这些年来我对他的怀念与感念。

二〇一五年六月二十四日于台北

《蕉风》二〇二期
——纪念白垚

一九六九年八月，《蕉风》月刊改版，推出后来为大家所熟知的二〇二期，采二十四开本，近乎方形，外貌焕然一新，这是陈瑞献（牧羚奴）的设计。新版同时略增篇幅至近百页，这在当时新马华文文学界还不多见。二〇二期并未刊出编辑名字，实际负责的是四人组成的编辑群：姚拓、白垚、陈瑞献及我。要到二〇三期之后，编辑群的名字才印在扉页右上角，统称“编辑人”。此后的《蕉风》都依此惯例印上编辑人的名字。这个作法应是白垚的主意。他早年在台大历史系念书时，尝与同学主编学生刊物《台大思潮》，原先主编只挂上集体的台大思潮编辑委员会，后来他私自列上自己（林间）和另一位主编逯耀东（周垂）的名字，傅斯年校长还称赞他们这是分摊责任。白垚也在《蕉风》二〇三期的编后话《风讯》中说，“将编辑人的名字刊登出来，表示我们负责的态度”。

白垚日后在《卷土穿山，兼写天地：反叛文学的凯歌》的回忆文章中提到，我们“职皆义务兼任，当时的情况，姚拓忙于教科书的编务，极少过问《蕉风》的事，任由我们三人自由发挥”。这是实情。我们当时各有专职，工作忙碌，只能业余奉献心力。话虽如此，其实我们是全力以赴。二〇二期虽然顺利依计划出版，过程却颇费思量。原主编黄崖卸任后，《蕉风》仍勉力出版了几期，只是等到准备依时程推出改版的二〇二期时，我们发现可用的存稿不多，距理想颇远。这个窘状在邀稿和投稿陆续进来后，到了二〇三期才有了明显的改善。

二〇二期的《蕉风》出现不少当时新马华文文学界新一代的名字，与前两三期的《蕉风》反差很大，再加上新的开本与版面设计，令人耳目一新，因此很受重视。由于缺稿，我们几位后来具名的编者，除姚拓外，都必须"粉墨登场"，自演自唱。陈瑞献以牧羚奴之名发表诗和小说，又兼翻译与插画。我提供小说与散文，白垚则刊出其微带中年哀愁的诗作《那些旧事，无端的》。其他作者还包括了梅淑贞、蓁蓁、孟仲季、南子、英培安、悄凌、贺兰宁、地中海、零点零等，甚至完颜藉（梁明广）也翻译了亨利·米勒（Henry Miller）为其小说《北回归线》（*Tropic of Cancer*）被控猥亵而作的抗辩文。

在这些个别的诗文与译作之外，二〇二期其实有一组作品自成主题，包括了麦利斯（Archibald Macleish）的《从月球看新的人类》、苗苗的《杭思朗的左脚伸出以后》，以及戴天的诗《这是一个烂苹果》。麦利斯为美国重要现代诗人，林以亮主编的《美国诗选》中收有余光中对他的译介（译名为麦克里希）。《蕉风》二〇二期另外还翻译了麦利斯以诗论诗的名作《诗艺》（"Arts Poetica"），诗后另刊有陈瑞献所作的麦利斯与《诗艺》原作的混合造像。麦利斯诗文的译者皆署名苏滨郎，如果我没记错，苏滨郎应该就是陈瑞献。戴天的诗则转载自香港出版的一九六九年五月号《明报月刊》。我当时专任《学生周报》编辑，在我的编辑室隔壁有一间图书室，我可以读到每期的《中国学生周报》《大学生活》《明报月刊》，甚至《新闻天地》《民主评论》等。不过转刊戴天的诗倒是白垚的建议。

这一组诗文都与当年人类登陆月球有关。麦利斯之短文设想太空人在外太空回望地球的心情，他说：“历史上人类第一次看到地球：这不是在数百里外所看到的洲陆或海洋，而是在太空深处所看到的地球：完整、圆溜溜、美丽又渺小，甚至但丁……也不曾梦想看到它，一如二十世纪后绝望与荒谬的哲学家不能臆测会看到它一样。”新的视角带来新的体会，在浩瀚苍穹中回头审视地球家园，国界消泯，人类一体，麦利斯于是发出“四海之内皆兄弟”的呼告：“看地球的真面目，渺小、蓝色和美丽，浮在那永恒的静寂之中，等于看到我们自己，我们是地球上的共同的驽骑者，在永恒的寒冷中，在那清新可爱处，我们是兄弟——知道他们是真正的兄弟的兄弟。”

戴天的《这是一个烂苹果》则语言浅显，全诗以对话讽喻地球为烂苹果，与麦利斯笔下那颗“渺小、蓝色和美丽”的星球大异其趣。这首诗批判性强，颇见机锋，在诗人看来，地球“东一个疮/西一个洞”：

而且好像
还给苏联坦克
狠狠地
辗过

而且正如
弃尸
给冷落了
在无定河边

这两节诗都与时事有关。当时苏联尚未解体，东、西冷战正炽，华沙公约与北大西洋公约两大集团时相对峙。戴天这两节诗一则指涉一九六八年的“布拉格之春”事件——苏联坦克车蛮横开进捷克首都布拉格，辗碎了捷克人民争取自由之梦；另一则指涉当时中国大陆的“文化大革命”。总之，在戴天笔下，人类野蛮，地球丑陋，世界纷争不断，在外太空回眸地球家园，这简直是一个上帝弃绝、天使不愿涉足的地方。

在这一组主题相关的作品中，麦利斯之文与戴天之诗，依苗苗的看法，是两位不同国籍的诗人“用一半同情一半讥讽的语气发抒一种新的感悟”。苗苗之《杭思朗的左脚伸出以后》却另有关怀。苗苗者，白垚也。在这之前，他即曾以此笔名不时在《学生周报》谈文论艺，行文风趣，语多幽默，偶尔讽刺与挖苦兼而有之，文气与语气皆与白垚别的文章大不相同。此文题目中提到的杭思朗（Neil Alden Armstrong）即第一位登陆月球的美国太空人，在踏上月球那一刹那，他说了一句日后举世皆知的名言：“这是个人的一小步，却是人类的一大步。”

苗苗此文显然旨在回应麦利斯与戴天二人之作。只是他另辟蹊径，不谈人类，不谈地球，也不谈世局，反而借登月事件省思文学创作的本质。在他看来，登陆月球戳破了“诗人千百年来对月亮的可爱梦想”，不过诗人如果不甘故步自封，或许应该与时俱进，“应该愿意将自己看得和时代接近一点”。苗苗的本意在提醒诗人，新的情境应该要有新的作为，至少不妨思考“诗创作上的蜕变问题”。诗人确实有其不变的关怀：“生命的意义和天道的有无，仍然绞纠着诗人的心灵，仍然可以使诗人痛苦地思索。”尽管如此，在人类登陆月球，对月亮的古典想象破灭之后，诗人无可避免地面临新的挑战："他对人类本身的看法，已不只是站在地球上平面的看，他面对着一个新的角度，从太空看地球，从月亮看地球，这种新的观察角度，势必启发一种新的感受，一番新的心情。"

苗苗将文学创作视如登月壮举，两者性质与规模虽然不同，本质上却都是向未知探索，都属于创发事件。他认为"任何一件有创作性的事，都是智慧和勇气的表现，无智慧则不足以思索探讨，无勇气则不足以破除万难以立新"。这些说法其实意有所指，主要在批评当时马华文学界流行一时的功利主义。为挣脱功利主义的桎梏，他揭橥一种无所为而为的创作观，企图将创作自种种强调外在目的的束缚中解放出来，因为"智慧与勇气的表现并不需要一个目的，表现的本身就是一个目的"。这些论点今天听起来稀松平常，在四五十年前的文学意识形态环境中则是另一回事。苗苗在文章结束时进一步阐释他的观点，他说："无所为而为是一种高贵的情操，科学上如此，文学上也是如此。如果诗人们能在登月后举世的胜利沸腾喧哗中，冷静沉思，一方面重估这种情操的价值，一方面放弃了幻想的自怜和带怒的回顾，以一个新的境界作出发点，重新思索、探讨、创作，那么，杭思朗伸出的左脚，不但没有粉碎诗人的梦想，反而给诗人伸出一个新的创作时代。"这个结论语带乐观，态度诚恳，今天看起来仍不失其意义。不过我遍读白垚的巨著《缕云起于绿草》，却不见此文踪迹，似乎也未见当年他以笔名苗苗发表的其他文章，不知何故。

白垚惜墨，出书自有规划，或许只能说他对这类文章另有个人的考虑。

二〇一五年六月二十九日于台北

行云流水，无挂无碍：侧写余光中老师

三月二十七日单德兴到高雄中山大学演讲，余光中老师知道隔天我也要到学校主持离散研究工作坊，就约了德兴和我在二十八日晚上一起用餐。当天傍晚六点半，我们准时在中信饭店门口等候老师，只见老师从饭店对面的停车场快步越过马路，朝我们走了过来。老师身形矫健，清癯有神，握手有力，怎么看都不像是一位八十高龄的人。

当晚我们就在饭店的台菜馆用餐。老师食量节制，谈兴甚高。我们谈时人时事，谈教育，谈教养，当然也不免谈到文坛近况。在谈到坊间有关余老师的传记时，我和德兴不断怂恿他撰写自传或回忆录，我甚至以造福学术研究为由，强调自传或回忆录的重要性；德兴更退而求其次，尝试说服老师考虑口述历史。对我们这两位老学生的苦劝，老诗人似乎不为所动。

饭后余老师邀我们到他的府上小坐。我们在停车场小忙了片刻，才弄清楚如何缴费取车。以前读老师的散文，知道他有开快车的习惯，但这是高雄市，不是高速公路，显然不适宜飙车。我坐在前座，看八十岁的老诗人操盘。他全神贯注，当机立断，明快稳健，开车仿如写诗，行云流水，无挂无碍。

余府位于左营一座高楼，老师说已经搬来九年。我们在老师的书房停留甚久。书桌面向公园，公园之外是通衢大道，推开窗户，颇有车声。我心想：一篇篇杰作难不成就在这里完成？书柜里最抢眼的是老师一排排的著作，包括大陆新近出版的选集。我们谈到老师未来的出版计划，一甲子笔耕，显然笔力仍健，诗、散文、评论、翻译，不久都有新作面世。

这篇短文设定的主题是余老师的诗的发展历程，不过这是老题目，写过的人很多，因此已属常识，不容易再有新意。我的简单看法是，若以一九五二年出版的第一本诗集《舟子的悲歌》算起，六十年的创作，诗人的诗风曾历经数变。跟许多同时代的诗人不同的是，诗人的早期诗作尚充满新文学的余绪。诗人后来之所以宣告要“下五四的半旗”，要告别新文学的薄弱传统，并且选择广义的现代主义，若置于文学的内在系统而论，这些动作相当程度是出于影响的焦虑。一九六〇年代前后正值冷战的高峰，台湾社会笼罩在肃杀的政治氛围中，不过文艺却意外地找到缺口，另辟新路。就在这个时候，各种版本的现代主义直接或间接地进占文化部门，在文学与艺术方面尤其显著。像极为保守的军中却出现了一批优秀的现代诗人，不能说不是一个异数。我记得当时读到《现代文学》《欧洲杂志》《设计家》，及几家诗刊如《现代诗》《蓝星诗刊》《创世纪》等，可以感受到另一番清新的气息。

文学创作当然关乎艾略特所说的个人才具，但文学创作也是现世的（worldly）产物，是诗人作家介入现世的结果——尽管介入的方式与目的各有不同。余老师之转向现代诗，并多次参与文艺论战，为现代文艺辩护，无疑也是在挑战当时保守乃至于反动的文化政治。甚至像《莲的联想》诗集中那些貌似古典的诗作，我常觉得，这些诗作没说出来的，其重要性恐怕不下于说出来的。因此，读《莲的联想》，我以为我们必须超越诗人的个人世界，我们的联想必须及于其个人世界之外那个产生《莲的联想》的世界。依此而论，《莲的联想》其实与之前所出版的几本现代诗集在本质上并没有两样。

我的偏见是，余老师到了《与永恒拔河》之后，诗艺明显获得解放，从此心无挂碍，自由自在。在这之前，不同时期固然都不乏佳作，只是不论走向现代，或者回归古典，或者迎向民谣，他的诗风时有转变——甚至多变，而每有变化，诗人都不免要为文辩说，阐明立场，宣示信念，因此也留下不少文学批评史上常见的诗辩。要了解余老师诗艺与诗学的发展，这些诗辩相当重要。到了《与永恒拔河》，余老师显然不再拘泥于任何主义，不再执意经营任何诗风，他的诗艺自此不假他求，浑然天成。

上述观察，未必合于一般陈说定论。当晚在余老师府上，我并未提到自己的偏见。《联合文学》的编者索稿，指定要我讨论余老师诗创作的发展。谨以浅见，仓促为文，为余老师寿。八十高寿，松鹤遐龄，祝福老师“老得好漂亮”！

二〇〇八年四月十三日于台北

余光中与马华文学

余光中迄今至少曾经为三位马华作家作序。最早的一篇写于一九七七年九月，是为方娥真的诗集《娥眉赋》所作，当时余光中仍在香港中文大学任教，中国大陆的“文革”也刚刚结束，台湾的现代诗因西化与晦涩等问题颇受关杰明、唐文标等的非议。余光中即以神州诗社诸少年诗人的“文化乡愁，浪子情结”为例，间接驳斥西化之批评。在他看来，神州诸子“破釜沉舟，从侨居地的马来亚毅然决然东渡来台，便是文化归宗的壮举。他们在作品中吐纳的那一股豪情侠气，正是寄居他乡的不平之鸣，也是对中国历史和江湖传说的向往”。《娥眉赋》的序文题为《楼高灯亦愁》，基本上余光中采就诗论诗的方式，对方娥真诗的主题、文字等颇多着墨。

《十二瓣的观音莲》是为李永平的小说《吉陵春秋》所写的序文，时在一九八六年元月，余光中已自香港回到台湾，任教于高雄的中山大学，李永平当时也从美国完成学业回台，成为余光中在中山大学的同事。序中提到“李永平生于东马的沙捞越”，《吉陵春秋》中却“从来不见马来人和椰树”，除了这些蛛丝马迹，我们很难将《吉陵春秋》与其作者的出身背景联想在一起，这是《吉陵春秋》与李永平更早出版的另一本小说集《拉子妇》不同的地方。余光中的序文主要还是一篇颇为详尽的文本分析，他称赞“李永平不愧是别有天地而风格独具的小说家”，“为当代的小说拓出了一片似真似幻的迷人空间”。

十四年后的二〇〇〇年六月，余光中为另一位马华作家钟怡雯的散文集《听说》作序。他这样介绍钟怡雯与她的先生陈大为：“这一对璧人不但同年出生，也同样来自马来西亚，而擅长的文体同样是诗与散文。这样的珠联璧合，又像是两镜交辉，又像是对联呼应，为九〇年代的文坛平添了一道‘钻面’。”序虽然是为钟怡雯八年前的散文集所作，余光中已经肯定“钟怡雯绮年丽质，为缪思宠爱之才女”。他也看出钟怡雯的作品“并非纯情的唯美。……相反地，生老病死中，她对后三项最多着墨，笔端的沧桑感逼人如暮色”。他夸赞“钟怡雯的语言之美兼具流畅与细致，大体上生动而天然，并不怎么刻意求工。说她是一流的散文家，该无异议”。

多年之后，这三位作家各有发展。方娥真后来颇遭变故，神州诗社在台湾戒严末期受到情治单位误会，被迫解散，神州诸少年诗人甚至短暂被押，余光中也曾为此事奔走。方娥真在滞留香港多年后回到马来西亚，余光中说她日后“只见发表小品杂文”，言下颇多惋惜。李永平则在《吉陵春秋》之后，推出巨作《海东青》《朱鸰漫游仙境》《雨雪霏霏》《大河尽头》等，稳然为当代小说大家。钟怡雯创作不辍，在《听说》之后，又出版了多部散文集，分别于二〇〇七年和二〇〇八年出版的《野半岛》与《阳光如此明媚》，标志她的散文又有进境，随手拈来，叙写故乡风土与家族旧事，真挚自然，又与八年前不能同日而语。余光中虽曾为这三位马华作家的作品写序，用他序金圣华的杂文集《桥畔闲眺》的话说，他的序文“时代性与现实性并不很强”，他主要还是遵循就文学论文学的信念，以细读文本为主，将序文写成评论。即以这些作品的创作脉络而论，余光中的指涉毋宁是台湾文学多于马华文学，这主要是所序作家多在台湾发表其创作的缘故，余光中在有意无意间已将他们的作品视为当代台湾文学的一部分。

余光中曾有《离心与同心：众圆同心》一文，仿地缘政治中常见的三个世界的划分法，将华文世界粗分为三个世界："华文的第一世界当然在中国大陆，第二世界在台湾、香港、澳门，至于第三世界，正是南洋。南洋放在最后，因为在南洋各国，华人在总人口中，都只是少数；在马来西亚也只占三分之一；即使在新加坡是例外，也才达百分之七十七。"这样的划分法当然并无贬义，只是在反映华文的使用状况。余光中认为，台湾虽然与港、澳并列第二世界，但其出版情形远比港、澳为佳，"对许多海外华人作家而言，台湾往往是第一世界"。因此他建议，"第三世界的新加坡与马来西亚，华人作家若要投稿甚至出书，也知道应该向台湾寻求发展。例如陈大为、钟怡雯夫妇便是索性一起来台湾奋斗而终于获得学位与教职，更进而成就作家事业的近例"。

要在台湾投稿甚至出书并不容易，陈大为、钟怡雯，乃至于陈慧桦、王润华、李永平、张贵兴、黄锦树等，都因为曾经在台湾求学，甚至定居台湾，而与台湾文坛和出版界结缘；其他的本土马华作家因为缺少这层长期置身台湾的直接关系，就没有这样的方便。商晚筠、潘雨桐与林幸谦都曾先后在台湾完成学业，而且曾经获得台湾的文学奖项。他们的创作多在台湾出版，看来多少也受益于他们的台湾经验。长期在马华本土耕耘的作家有机会在台湾出版创作的并不多见，黎紫书、李天葆等只是少数，还有不少的马华作家与诗人其实并不为台湾同行所知。相对而言，马华作家与读者对台湾作家的创作却知之颇详。大约在十年前，我就在一篇题为《世界华文文学：一个想象的社群》的短文中提出这样的问题："在中国香港、新加坡、马来西亚，购买或阅读大陆与台湾的文学产品并不太难，但是在台湾——就以书店并不算少的台北来说——究竟何处可以买到大陆和台湾之外的华文文学作品？究竟哪一间图书馆庋藏这些华文创作？"我所指出的——用现在流行的话说——资讯不对称或不平衡的现象，十年来改善不多，台湾学界与读书界对马华文学的了解主要还是停留在几位定居台湾的作家身上，对在地的马华文学所知相当有限。余光中期勉马华作家"应该向台湾寻求发展"，固然不失为良策，但碍于现实条件，大部分的马华作家恐怕仍必须在自己并不算丰沃的文学土地上勤奋耕作，辛苦出版，维系马华文学的香火不断。

马华作家与读者对台湾作家的了解由来已久，并非晚近才有的现象。早在一九六〇年代中期我在槟城开始学习创作时，就已经有机会读到覃子豪、余光中、痖弦等的大部分著作。我记得很清楚，除了《钟乳石》，当时我还读了余光中文星版的诗集《莲的联想》与散文集《左手的缪思》和《逍遥游》。我透过余光中的诗文，尝试梳理当时台湾艺文界若干争论的脉络；余光中的文学与艺术评论并非生吞活剥西方理论的结果，而是经过他吸收、消化、再生的产物，说理清晰，生动贴切，因此颇有说服力，在我尚未接受学院严谨的理论训练之前，曾经为我打开了解现代文艺的窗户。只是当时怎么也没想到，几年之后，我会坐在课堂上听余光中——我后来称余老师——讲解现代诗。

余光中的文学成就之一是他分量与规模皆甚可观的游记。

他是位认真的旅人，每有出游，行前必然勤做功课，之后或诗或文，也多半会留下知性与感性兼具的记游文学。印象中这些年来他多次应邀到东南亚访问或演讲，一九八八年他与夫人即有泰国之行，回来后竟大手笔完成《梵天午梦》《黄绳系腕》及《耶释同堂》等泰国记游三篇，千寺之国，果然有幸，独得诗人青睐。余光中来去马来西亚不止一次，却似乎不曾写下任何有关马来西亚的旅游印象。马来西亚种族与文化多元复杂；而且要山有山，要水有水；以华文文学而言，更是大陆与台、港之外，另一个不小的传统。重阳刚过，余光中以八十耄耋之年旧地重游，想必会有一番不同的观察与体会。

二〇〇八年十月十一日于台北

附记：

余光中应马来西亚林连玉基金、《南洋商报》、大马留台总会及马华终身学习等单位的邀请，于二〇〇八年十月下旬至十一月上旬赴马来西亚担任二〇〇八年林连玉讲座，分别在马六甲、新山及吉隆坡等地发表三场演讲。本文系应《南洋商报》之邀，为余光中此次南行而作。

我写《他者》

《他者》一书出版于二〇一二年（大陆版二〇一三年），是我所构思的《他者》三部曲的第一部。第二部《离散》也已在二〇一三年出版。第三部《记忆》预计明年可以面世。我陆陆续续撰写这三部曲，前后花了约二十年时间，当然这二十年间我还从事别的研究，也出版了别的著作，只是这三部曲长期深藏在我心里，挥之不去，希望明年全部出齐后，我可以放下心中的悬念，着手其他的写作计划。

这三部曲各书的章节并不是按序次第完成的，而是写于不同的年代、不同的场合，最后重新修订，整理，编辑成书，写作过程颇为曲折，因此才会延宕多年，而在最近几年内陆续出版。这里只谈三部曲的第一部《他者》。

《他者》一书封底有一段我所撰写的文字，可以简略统摄全书的重要关怀：

> 这本书以论证他者的历史重要性开始，接着分析影像文化与文学中所透露的对他者的恐惧、排拒与迫害。其余的章节则析论与他者身份密切相关的若干议题，包括全球化、后现代战争、跨文化现象等。这本书所处理的文化文本与事证也说明了，环绕着他者的议题虽然古老，但却并

不过时，从《圣经》的故事到今天仍然在我们身边不时发生的事件可以看出，他者与其相关的文化议题始终盘踞着我们的文化想象。作者相信，在一个仍然充满偏见、无知与仇恨的世界里，如何面对他者，了解他者，承认他者，悦纳他者，视他者为自我的映照，不仅是学术问题，也是伦理问题。

诚然，环绕着他者的议题相当古老，不过在当代欧陆的哲学思考中，他者仍然是个热门而迫切的议题。正如我在本书的《绪论》中所指出的，“早在一九八〇与九〇年代，克莉丝蒂娃（Julia Kristeva）就一再析论陌生人的角色；德希达（Jacques Derrida）也反复讨论如何待客，如何悦纳异己；列维纳斯（Emmanuel Lévinas）则以伦理学为其哲学重心，畅论自我对他者的责任；哈贝玛斯（Jürgen Habermas）更主张要包容他者。这些论述或思想之出现并非偶然，其背后应该有相当实际的现实基础与伦理关怀”。这里所说的现实基础与伦理关怀并非无的放矢，其实涉及欧洲社会近二三十年来所面对的移民问题。尤其近年来因为经济不振，失业率高，在束手无策之余，有些人——特别是政治人物——就开始寻找代罪羔羊，首当其冲的就是各国的客工与移民。各种形式的反移民活动因此时有所闻，各国以反移民为号召的极右翼民族主义政党与新纳粹主义运动也趁势而起。反移民所具现的排外恐惧说明了法西斯主义的阴魂仍然潜伏在某些人心中，并未形消于无。历史血泪斑斑，殷鉴不远，许多思想家忧心忡忡，因此才会几乎同时纷纷著书立说，以各种论述尝试打开困境。

这本书并未从这些思想家的理论说起，理由很简单。其一是，台湾学术界对他们的理论并不陌生。以德希达而论，早在二〇〇六年，我与清华大学（台湾）傅士珍教授即为《中外文学》客座主编了一期专号，题为《论悦纳异己》（第三十四卷第八期），其中不少论文都涉及德希达所论的待客之道（hospitality）。此外，二〇〇七年《中外文学》也推出了由成功大学赖俊雄教授所客座主编的《列维纳斯专辑》（第三十六卷第四期）。其二是，倘若我需要这些思想家在理论上为我铺路，即使他们的理论已经广为人知，我恐怕还是会在《绪论》中转述他们的理论的。只不过他们的理论各有重心，需要广泛协商与疏通，而且未必契合当下我所规划的议程，我希望我的《绪论》能够以实例说明我的议程的重要性，以及这些议程的政治与伦理意义。因此只有在书中各章节的论证过程中，我偶尔会技巧地引述若干西方思想家的观点作为理论上的佐证。我期望《他者》全书更多的是我自己的想法与发现。

我在《绪论》中列举了几个大家记忆犹新的实例，特别是二〇〇三年美、英联军入侵伊拉克与法国萨科奇（Nicolas Sarkozy）政权驱逐境内罗姆人（the Roma，即俗称的吉普赛人）的事件。这些例证背后所透露的是某些人在面对他者时所仰赖的生物政治（biopolitics）——否定他者，围堵他者，羞辱他者，驱逐他者，甚至终结他者的生命。反讽的是，这样的生物政治却是为了创造自己的生存条件——消除他者即是消除对自己生存的威胁。所有的修辞包装在层层剥开之后，最后只剩下自私的、原始的生存欲望。只是欲望是真的，威胁并不一定。

这样的论证隐约涉及黑格尔哲学中欲望与承认的问题。用批评家巴特勒（Judith Butler）在《脆危生命：伤悼与暴力的力量》（*Precarious Life：The Power of Mourning and Violence*）一书中的话说："欲望一方面否定他者的他者性（即：因为他者的结构和我的相似，占据了我的地盘，威胁了我的单一存在），另一方面则又处于这样的一个困境：它需要那个他者，又害怕自己成为那个他者，被那个他者所攫取。"换句话说，欲望与承认界定了自我与他者之间的关系，自我虽然在他者身上看到自己，却又深感受到威胁，因此必须否定他者，而否定的形式与方法很多，从反移民到入侵伊拉克，比比皆是，只是否定的程度不同而已。为抵拒或反抗对他者的否定，巴特勒因此提到承认的重要性。承认在英、美学术界其实是老议题，从一九九〇年代初泰勒（Charles Taylor）阐述承认的政治开始，学术界对这个议题已经有不少的讨论；巴特勒则把这个议题进一步带到另一个面向，要我们承认生命脆危，承认对他者的责任与义务。

以二〇〇三年美、英强权入侵伊拉克，以及这些年来以色列对巴勒斯坦人的无情屠杀为例，显然这些好战的人相信，生命虽然脆危，但是轻重仍然有别：有些人的生命特别脆危，有些人的不那么脆危；把生命的脆危性放大或缩小，无异于决定何者为可活的生命，何者为不可活的生命。如果我们相信众生平等，相信生命的珍贵，我们就必须拒绝这样的想法或理念。不论自我或他者，没有任何人的生命比其他人的价值较高或者较低。生命需要条件，才能成为可活的生命，而创造与维护这些条件，无疑是我们的政治责任与伦理决定。

《他者》全书粗分为两大部分。第一部分四章，总题为"想象他者"。我以《圣经》、电影及文学的若干文本介入，分别论证不同他者的重要性，同时以某些实例勾勒他者的悲剧命运——尤其是许多政治他者与第三世界他者，不幸都被迫必须面对这样的悲剧命运。第一章刻意重读《旧约·路得记》，主要是因为我有感于社会上对外籍配偶的歧视与偏见。这些歧视与偏见非仅存在于一般社会与文化之中，也存在于建制性的立法与行政当中。这一章尝试以嫁入以色列的摩押（Moab）女子路得为例，析论以待客之道悦纳他者的重要性。路得以外邦女子的身份嫁以色列人为妻，成为以色列人的母亲，竟影响了往后以色列的历史发展与王权谱系的传承，以及犹太教与基督教的分合发展，因为后来一统以色列的《旧约·诗篇》的主要作者大卫王就是路得的曾孙。《新约·马太福音》有这样的记载："由大卫到放逐巴比伦，有十四个世代，由放逐巴比伦到基督，有十四个世代。"因此我们可以这么说：没有外邦女子路得，就不会有大卫，没有大卫，当然也不会有二十八个世代之后的耶稣基督；换言之，没有路得，以色列的历史文化必须改写，世界宗教历史也会很不一样。我的结论是："能不善待外邦人，尤其是外邦女子？"

第二章主要在反省与批判一九五〇年代美国的麦卡锡主义（McCarthyism）。麦卡锡主义是冷战初期美国政治右翼赖以迫害政治他者的意识形态利器，影艺界株连甚广。麦卡锡主义的时代虽已远去，但其幽灵仍然潜存在某些人内心见不到阳光的角落，随时会被召唤显现。所有贴标签、扣帽子之类的政治与文化的猎巫行为只是麦卡锡主义的缩影，反映的是社会上某些人的思想怠惰与心灵闭塞。第三章则以科幻电影《异形》（*Alien*）为例，探讨在资本主义与帝国主义之下他者的命运，影片中的异形在某种意义上具现了资本帝国对第三世界他者的觊觎与恐惧。影片显然在寓意上有意批判资本帝国的贪婪与无穷欲望，以及此贪婪与欲望背后对他者的焦虑不安。第四章延续上述的议题，试图以晚近的创伤与伤悼理论析论莫欣·哈密（Mohsin Hamid）的后“九一一”小说《拉合尔茶馆的陌生人》（*The Reluctant Fundamentalist*）中所隐含的政治寓意。这一章旨在描述与检讨美国的帝国本质，批判美国如何挟其强大的军事与经济力量，以资本帝国的暴力为第三世界他者带来苦难与悲剧。

第二部分总题为“跨文化想象”。这一部分共有三章，整个议题转到与他者身份相关的若干文化问题。第五章接续上一章的讨论，分析后现代战争何以是虚拟化与电玩化的战争，我认为这样的战争是“场面多于资讯、拟仿多于真实、拟像多于指涉”，因此在晚近的战争中死伤的平民百姓竟仿佛沦为“隐形的他者”，既看不见敌人，甚至也不知伤亡从何而来。第六章延续第五章的议题，以夹叙夹议的方式论证文化帝国主义所造成的文化同质化的危机，以及本土文化对此现象可能的抗拒与修正。最后一章则把上一章的讨论推向跨国文化研究的问题。我在这一章里尝试以性质与形貌互异的两个文化文本——李安的《卧虎藏龙》与非裔美国人的饶舌歌曲——析论跨文化转向如何改变与改造文化生产。在全球流动的脉络下，我们显然急需“活泼开放地描述文化的新视野与新方法”。跨文化的了解与研究因此相当重要。

在我的构思中，《他者》应该是一部饶富省思与批判性的书，我的主要指涉是文学与文化，全书的论证清楚反映了我的学术信念，那就是文学与文化研究的淑世功能。我希望透过对某些文学与文化文本的分析，对若干文学与文化议题的论证，思考他者的角色与跨国资本主义下跟他者文化相关的问题。当然我也希望我的思考能够扣紧当代的历史现实。就这一点而论，《他者》的写作其实是出于日本中国思想史学者沟口雄三所说的亚洲感情的。沟口指的是那种“期盼能够摆脱歧视和偏见以获取自由的人类的共同心理，那种要在人世间消除压迫与被压迫结构的决心”。《他者》如果有任何政治议程，这个议程倒是与沟口所说的亚洲感情若合符节的。就现实面而言，就像我在《自序》中所指出的，“我们的社会对亚洲——至少一大部分的亚洲——是存有偏见的，因此对来自亚洲某些国家的外籍配偶与外籍劳工的歧视与剥削时有所闻。这些歧视与剥削甚至构成了人权问题，除了少数学者关心之外，我们的政治社会似乎并不以为意。同为亚洲人，我们对伊拉克与阿富汗人民在帝国强权下的遭遇也视若无睹，从来不发一语”。就这一点来说，《他者》一书的部分议程——特别是第一部分——其实是对这些现象的间接回应。简单言之，这本书有意通过自我与他者的关系从根本厘清问题的症结。再用我在《自序》中的话说，我的想法是这样的：“一个过度膨胀的自我往往只看到自己而无法正视他者的存在。”小至个人，大至大国强权，莫不如此。在这种情形之下，“他者变得无足轻重，甚至可以牺牲”。

我们对他者和他者的文化其实都肩负着伦理责任，而这些责任可以说源于众生平等的理念。在结束《离散》一书时，我说：“学术其实也可以多一些悲悯与包容。”这也正是《他者》一书背后隐然若现的重要关怀。

二〇一四年九月三十日于台北

理论与我

我求学的年代正好是所谓大理论（grand theory）日正当中的年代。按伊格顿（Terry Eagleton）在《文学理论》（*Literary Theory*）一书中的说法，“当日常的社会或知识实践已经失灵，出现麻烦，且急需自我反省的时候，大型的理论就会出现”。大约自一九七〇年代之后，许多重要的名字几乎同时上场，一时之间风起云涌，整个人文科学（human sciences）发生了重大的变化。巴赫汀、葛兰西、卢卡奇、阿多诺、班雅明、李维史陀、巴特、拉冈、阿图塞、傅柯、德希达、哈贝玛斯、克莉丝蒂娃等可以说是人文科学许多领域里家喻户晓的名字。即使是对理论没有兴趣的人，在那个年代大概也不免会听到其中的若干名字。这是欧陆，而在英语世界，当时还有影响力日增的威廉士、詹明信、萨义德等。差不多与此同时，我们还发现了一九二〇与一九三〇年代的俄国形式主义（Russian Formalism）和布拉格语言学派（Prague Linguistic Circle）——也许是冷战的关系，有很长的一段时间我们对这两个理论学派的了解相当有限。当然后来我们更接触了第二次世界大战之后根植于第三世界反帝与反殖民政治的后殖民理论。法农（Frantz Fanon）、孟密（Albert Memmi）、塞杰尔（Aimé Césaire）、桑果尔（Léopold Sédar Senghor）、詹姆士（C. L. R. James）、兰姆明（George

Lamming）等是另一批耳熟能详的名字。至于霍尔、史碧娃克、巴巴等的理论则是较后来的事了。台湾的情形尤其特殊，一直到解除戒严之后，我们才有机会公开且较有系统地阅读马克思主义，却发现拉克劳（Ernesto Laclau）和莫芙（Chantal Mouffe）等人已经在讨论后马克思主义（Post – Marxism）了，虽然在我们的政治社会里仍然有人沉湎于冷战时期反共的“鸟笼”思维中。总之，仅就理论而言，套用已故马克思主义历史学家霍布斯邦（Eric Hobsbawm）在其回忆录中的话说，“这真是有趣的时代”。

一九八〇年代中期，随着巴特、阿图塞、傅柯、拉冈等先后弃世，大理论其实开始日渐式微。二〇〇三年九月二十五日萨义德病逝纽约，二〇〇四年十月九日德希达于巴黎辞世，在象征意义上等于宣告大理论时代的结束。有时我们可能忘了，德希达在约翰·霍普京斯大学发表他那篇批评李维史陀的著名论文《人文科学论述中的结构、符号及戏耍》（“Structure, Sign, and Play in the Discourse of Human Sciences”）已经是半个世纪前的事了。理论的确跟着我们够久了。大理论的时代确实已经过去，这种规模与野心的理论也许一时再也不容易看到，有些学者如魏廉思（Jeffrey Williams）甚至认为，我们其实已经进入后理论（posttheory）的世代。可是这并不意味着我们可以从此松一口气，从此可以不必理会理论，然后回到伊格顿在《理论之后》（*After Theory*）一书开头所说的“前理论的天真无邪的时代”。理论其实已经成为我们知识传统的一部分，成为许多学术领域里必需的装备，甚至自成领域，成为学术研究的对象。理论改变了整个人文科学，也改变了我们了解文本、了解文化实践与社会现象，乃至于了解世界的方式。理论不会消失，只会以不同的面貌不断出现。

我很幸运，在我求学的阶段有机会相当系统地接触到现代理论。从大学到研究所，十几年间我在不同阶段接受不同的理论训练，从新批评到后结构主义，西方数十年的现代理论发展，全部挤压在一起轮番上阵。我记得很清楚，念大学时除了选读从柏拉图以降至新批评之前的西方理论外，现代理论的重点主要摆在新批评、心理分析（弗洛伊德与荣格）及神话（原型）批评等。以新批评而论，当时我很认真地读了些艾略特、布鲁克斯（Cleanth Brooks），并且还旁及瑞恰慈（I. A. Richards）、李维思（F. R. Leavis）与燕卜荪（William Empson）。此外在上诗、小说及戏剧等文类的课时，我们还用了当时流行一时的新批评教本，包括《了解诗》（*Understanding Poetry*）、《了解小说》（*Understanding Fiction*）及《了解戏剧》（*Understanding Drama*）等，有理论，有演练，因此对新批评的来龙去脉相当了然。读神话批评则专注在傅莱（Northrop Frye）的著作上，特别是他那本体大思精的《批评的剖析》（*Anatomy of Criticism*），我读过不止一遍，深为他的博学所折服，因此等到写硕士论文时，我就选定神话批评作为论文的理论框架，同时还补读了坎贝尔（Joseph Campbell）、佛瑞哲（Sir James Frazer）、伊利亚德（Mircea Eliade）等人的部分著作，也因为对神话学产生兴趣，这时才初识李维史陀。

我的硕士论文讨论索尔·贝娄（Saul Bellow）早期小说中的追寻（the quest）主题，这是神话批评的核心关怀，写得颇为得心应手，相当顺利。不过在写完第二章之后，我却有些犹豫了——倒不是没有材料可写，或者不知道怎么写。在写论文之前我已经熟读索尔·贝娄的小说，深知他的每本小说各有差异，有的甚至相当复杂，关怀也不尽相同。当我把这些小说的主题浓缩为追寻，我等于把小说中许多繁复的元素都简化了。这样会不会对这些小说造成伤害？会不会忽略了文学作品的复杂性？《堂吉诃德》是追寻，《西游记》是追寻，《顽童流浪记》是追寻，现在索尔·贝娄这些小说也是追寻，我发现，只要我以神话批评去处理，许多文本都会变成追寻。我对这些文本会否过于粗暴了呢？更重要的是，这个理论是否有什么问题，让我把复杂的文本过度化约了？

论文当然最后还是如期完成，但我的疑惑仍在。这是我第一次面对理论的危机。等到撰写博士论文时，类似的疑惑再度出现。在博士班念书阶段正好碰上理论的语言转向，从俄国形式主义，到布拉格语言学派，到巴黎结构主义与后结构主义，我们尝试厘清这些理论的谱系关系。尤其读到俄国形式主义时，我惊喜不已，原来早在一九二〇年代前后，许多文学与文学史的问题俄国形式主义者都已经有了答案。他们全心全力处理文学的内部问题，功夫远在新批评家之上，他们的雄心在建立文学研究的科学。掌握了俄国形式主义的基本理论与方法，对我后来理解巴特的结构主义的文本分析帮助很大。在此同时，我还修了一整学年的中国文学批评史，从《诗大序》一直读到清代诗学与小说评点，对中、西方的理论发展有了一些比较的认识。

我的博士论文做的是自传研究。由于理论的语言转向，学术界仿佛找到新的助力，重新激起研究自传的兴趣。当时以新的理论研究自传刚刚起步，可以挥洒的空间很大。我主要参酌巴特与德希达的理论，希望能建立一套可长可久的自传理论，然后以这套理论处理几个自传文本，包括《五柳先生传》《马尔孔·X自传》（*The Autobiography of Malcolm X*）、《巴特论巴特》（*Roland Barthes by Roland Barthes*）等。这几个文本在形式、结构及题材上可说天差地别，我故意选择这些文本测试我的自传理论。现在想起来整个论证还颇为复杂，由于语言的介入，我视书写为去中心的活动，因此意符与符意之间的关系相当武断，虽然在理论与实践上互为关联，却也未必彼此约束。这就是所谓符号的自由浮动。当时年纪轻，记性好，理论和文本也读得很熟，论文动笔后进展甚为顺利，每章大约写了五十页，包括析论陶渊明那篇只有短短两百字左右的《五柳先生传》。

这篇论文可以反映当时理论的语言转向。我的后结构主义自传理论经过上述三个文本的考验，应该可以站得住脚。我甚至将《桃花源记》与《五柳先生传》一步步解构，使之成为貌似德希达式的文本。不过在撰写论文的过程中我并非没有疑虑，尤其是到了论文写作的最后阶段，我其实面临数年前撰写硕士论文时的理论危机。我处理的三个文本不论风格或形貌无不大异其趣，而我所仰赖的理论却有办法将这些文本一一驯服。因此我又一次反身自问：我是否把这些文本过度简化了，只见其同，而不见其异？我对待这些文本的策略会否流于粗暴？

此外我还发现，理论的语言转向使我的论文偏向形式主义。文学当然是语言的构成，但语言本身还有其他负载，我所服膺的理论对处理这个层面似乎力有未逮。在反省从一九七〇年代末至一九八〇年代初那几年所学习的理论时，我称之为我的形式主义时期，至于形式主义的意识形态内容，那是我以后才有的体认。那时我觉得自己迫切需要补强的是有关政治与意识形态方面的理论。其实我曾经一度对以思想史研究文学深感兴趣，还读了勒夫乔伊（Arthur Lovejoy）与史毕哲（Leo Spitzer）等的部分著作，不过后来自知自己的西方旧学根基不深，最后只好放弃。不过在修读学位的最后阶段，我已经开始接触后殖民论述，陆续阅读法农、詹姆士及早有诗名的塞杰尔，在理论方面开启了另一个窗口。毕业后我获得一笔奖助金，到美国杜克大学进修一年。那一年我除了上课，就是躲在图书馆的小研究间看书，在知识与学习上过得非常充实。我心无旁骛，全力研读法兰克福学派与西方马克思主义，同时还去罗曼斯语学系听一位法国学者讲符号学。我记得在读符号学的历史与理论之前，我们先讨论了艾可的《玫瑰的名字》（*The Name of the Rose*）。

三十年前的杜克大学与耶鲁大学、加州大学尔湾校区被鼎称为理论的三大重镇，有不少成一家之言的理论家，往来拜码头的重要学者更不在少数，看多听多，我的眼界大开。这一年的学习使我在理论方面做了很大的调整，甚至在学术研究与教学上，我的体认也与过去略有不同。这并不表示过去所学的理论一无是处，其实这些理论都是了解文学的不同路径与方式，有洞见也有盲点，有长处也有短处，是我们所累积的理论资本，也构成了我们阅读文学的传统。

我的粗浅体会是，理论不仅是我们掌握文学事实的工具，更重要的是，理论也训练我们的批判性思考，让我们可以比较不那么偏执，比较开放地思考文学或其他知识传统，乃至于文化与社会现象。理论也应该教会我们反躬自省，培养我们自我批判性思考的能力。以批判性思考处理外在现象不难，要以之自省，甚至因此要自我怀疑或自我否定就未必那么容易。如果像魏廉思在《后理论世代》（"The Posttheory Generation"）一文中所说的那样，批评方法与理论模式每隔数年就是另一番景象，那么我们要如何自处？——今年这位理论家，过几年另一位思想家，再隔几年又换一位哲学家？

在台湾大学硕、博士班授课的最初几年，我的课程都与当代文学理论有关，教学相长，确有其事，我也因此开始有意识地形塑自己的批判立场，自己可以赖以安身立命的理论。对我而言，这一点非常重要。到了某个年龄，我应该清楚自己在学术上要做些什么，要怎么做。换句话说，我必须要有自己的理论，自己的 poetics。我思考自己关心的议题，以及处理这些议题的理论，我发现自己心仪的还是英语世界几位较具亲和关系的批评家，诸如威廉士、萨义德、詹明信、伊格顿等。他们的理论多半大处着眼，气魄恢弘，语言典雅而通透，论证往往直指核心，不只是文学的理论（theory *of* literature），更是理论之为文学（theory *as* literature）的典范。而且他们的理论立场一以贯之，一辈子坚持，没有多少改变。我教理论课时，常以他们的重要著作为教材。那时性别研究的著作尚不算多，我有几次用了蜜蕊（Kate Millett）的《性政治》（*Sexual Politics*）一书。欧陆方面，我在知识与性情上则较偏好班雅明、葛兰西、阿多诺、阿图塞、克莉丝蒂娃等，上课时也不时采用他们著作的英译本。理论立场一旦形成，其他理论当然可以挑战，也可以补充或强化我的理论立场。

这几年在不同场合我常被问到理论的问题，尤其在年轻学者与研究生身上，明显可以感觉到对理论的焦虑。我也约略知道，他们心中的理论指的就是当前那几位著名哲学家的思想与观念。我不清楚这种焦虑从何而来，也可能这种焦虑不是我们的学术社群所独有。理论非常重要，我们有时也许忘了，文学内部——文类、文学史、文学影响、文学翻译等——就有很多理论。理论可以帮助我们思考，甚至帮助我们处理某些学术上或政治上的困惑。不过先决条件是，我们必须先弄清楚自己的问题何在，才知道要求助于何种理论。学习理论最终还是为了启迪我们，帮助我们思考问题。

理论因此有其文化的独特性。举例来说，在一九八〇与一九九〇年代，克莉丝蒂娃一再析论陌生人的角色；德希达也反复论证如何待客，如何悦纳异己；列维纳斯则以伦理学为其哲学基础，畅论自我对他者的责任；哈贝玛斯更主张要包容他者。这些分属于不同思想家的理论几乎同时登场，显然并非偶然，其背后是有相当实际的现实基础与伦理关怀的。他们的理论其实主要是在回应欧洲社会日益棘手的移民问题。换句话说，理论往往是特定社会与历史环境的产物。仔细想想，过去数十年所蓬勃发展的大部分理论莫非如此；就此而言，理论其实也隐含萨义德所说的现世性（worldliness），或者我念兹在兹的淑世功能。即如齐泽克、巴迪欧等的若干理论，多少也是在回应“后共产主义”的欧洲现实。萨义德很早就在《旅行的理论》（“Traveling Theory”）一文中提醒我们，一位批评家“应该要有能力看到理论的局限，如果未加批判，未加限制地重复使用理论”，那么所谓理论的突破“很可能沦为陷阱”。当我们在某位思想家的研讨会上发现，许多论文在讨论不同的文学或文化文本时，来来去去就剩下这位思想家广为人知的几个观念，我们或许应该稍稍停下来认真想想萨义德的话。

二〇一五年四月六日凌晨

家国想象：离散与华裔美国文学

华人与离散这个概念之所以有任何联系只是近年来的事。即使到了二〇〇〇年前后，历史学家王赓武对以离散指涉散居华人的社群还是存疑的。王赓武的著作多以英文发表，我们所说的“离散”（diaspora）在他的著作的中译本中多作“散居者”。在《单一的华人散居者?》这篇演讲中，他坦率地说出他的疑虑：

> 我的保留意见来自华人由于华侨（sojourner）这个概念以及中国和敌对国政府从政治上利用这个词而遇到的问题。……在华人少数民族数量较多的国家，这个词是怀疑华人少数民族永远不会效忠居住国的主要根源。经历大约30年的争论，如今华侨一词已不再包括那些持外国护照的华人，逐渐取而代之的是其他词，如（海外）华人和华裔，这些词否认与中国的正式联系。我心中挥之不去的问题是：散居者（离散）一词是否会被用于复活单一的华人群体的思想，而令人记起旧的华侨一词？这是否是那些赞同这个用词的华人所蓄谋的？倘若这个词广泛地付诸使用，是否可能继续将其作为社会科学的一个技术性用词？它是否会获得将实际改变我们关于各种海外华人社群性质

的观点的感情力量?

王赓武的一连串疑虑有相当自传的成分，可以反映若干东南亚地区华人的心境。王赓武出生于荷属东印度，一九四七年十月至一九四八年十二月间曾经到南京中央大学短暂求学。国民政府在淮海战役兵败之后，他回到马来亚进入当时设于新加坡的马来亚大学就读。王赓武大半生的学术生涯都在亚太地区度过，是东南亚华人史方面卓然有成的专家，因此对该地区华人面对的困境——特别是政治困境——了然于心。他身处于对种族或族群议题非常敏感的环境，他的忧惧，一言以蔽之，主要是出于政治考量。他担心“离散”一词会像旧有的“华侨”一词一样，引起华人居留国强势民族的猜疑，甚至进一步挑战在这个用词底下华人的政治认同与国家效忠。北美洲与东南亚地区的排华与歧视华人的历史血泪斑斑，西方世界“黄祸”之说更是如幽灵般永恒复现，王赓武的疑虑是有历史依据的，绝非无的放矢。因此在提到这个用词时他总是小心翼翼，生怕这个用词可能引发的负面政治效应：

当代市场技巧的进步以及信用金融服务的性质已经模糊了早期的差别。政治认同日益被认为是不相干的，陈旧的词汇受到了挑战。如今许多社会科学家准备使用散居者一词阐明华人现象的新层面，这同样不会令我们感到奇怪。令人迷惑的是，这是否会再次鼓励中国政府遵循早期所有海外华人乃是华侨——侨居者的观念思路，确认单一的华人散居者的思想？使用散居者是否还会导致中国以外的作者，特别是以华文写作的作者，复活更加熟悉的词

> 汇——华侨？华侨这个词是东南亚各国政府及华人在过去四十年花费大量时间和精力试图加以摒弃的。

在我看来，王赓武的疑问似乎有些过虑了。“华侨”早已是过时的用词，现在散居世界各地的华文作家鲜少有人会以这个用词描述自己的身份与现状。

随着大陆在改革开放政策下的经济发展，再加上在经济上原已表现不俗的台湾地区、香港地区以及新加坡，因此有所谓“大中华经济圈”的说法。王赓武忧虑类似的概念在有意无意间支持了单一华人离散社群的思想，他对此深不以为然。他说：“单一的‘华人’一词可能越来越难于表达日益多元的现实。我们需要更多的词，每个词需要形容词来修饰和确认我们描绘的对象。我们需要它们来捕捉如今可以看到的数以百计的华人社群的丰富性和多样性。”

王赓武的意见很值得重视，不过今天我们使用“离散”一词——即使是单数——并不意味着我们忽略了此词背后“日益多元的现实”。离散经验繁复而多元，将离散经验强加统摄与划一是不符事实的。即使有王赓武的疑虑，以“离散”来形容或描述华人散居世界各地的情形已经日趋普遍。世界各地华人的离散情形当然各有差异，不仅历史不同，在各个区域的境遇也不一样，断然不可能只有王赓武所质疑的单一的华人离散社群。

这里无法详述华人移民海外的历史。自有明一代应该就有华人在海外活动的记载；不过，华人急速地大量移民海外则是在十九世纪中叶之后，这一切要拜西方资本主义与殖民主义蓬勃发展之所赐。清廷日衰，往后百年，经历了辛亥革命、抗日战争、国共内战、新中国成立，加上各种政治运动，中国人以各种因素，自愿地或非自愿地移居海外，有些最后落叶归根，有些则在海外开花结果；从早期的苦力、华工，乃至于“猪仔”，及至过去数十年或因政治，或因教育，或因专业等因素，不论移居何处，中国人移民的动机大概不脱已故亚裔美国历史学家隆纳德·高木（Ronald Takaki）所说的希望。高木在他的亚裔美国史的皇皇巨著中指出，华勒斯坦（Immanuel Wallerstein）的现代世界体系（modern world-system）理论与其经济动力之说只能局部解释亚洲移民何以愿意去国离乡，他借用华裔美国作家汤亭亭（Maxine Hong Kingston）在《女战士》（*The Woman Warrior*）中的话说，除了必要（Necessity），有些还出于奢华（Extravagance）。汤亭亭在《女战士》第一篇《无名女》（“No Name Woman”）中提到她母亲所引述的家族秘密：她的一位无名姑姑在丈夫远渡重洋后却身怀六甲，此事当然无法见容于保守的乡里，她最后选择投井自尽。对作者的母亲而言，年头不好，如何存活下去乃属“必要”的硬道理，除此之外，不论出于自愿或非自愿，通奸乃至于婚外生子就近乎奢华了。用作者的话说：“在好年头，通奸也许只是个过错，在村里缺粮时却是大罪一桩。”换言之，在高木看来，除了生存的迫切需要外，这些移民不少还怀抱着巨大的梦想与希望，离乡背井，漂洋过海就是为了实现自己的梦想与希望。

在追求梦想，实现希望的过程中，不同世代的离散华人面对的历史经验与社会现实也不一样。以华裔美国人而论，早期以贩卖劳力为主的移民与其后代的美国经验，跟晚近因专业或其他个人或家庭因素而移民的经验自不相同，反映在不同世代作家的创作上也大异其趣。这一点最能够表现在他们对家国的想象上。这里所说的家国并不只限于政治上的意义，也可以是文化上的指涉；而想象一词也非关虚幻，反而具有集体属性，对离散社群而言，即使个人的想象往往也隐含集体的意志与意义。

我们试举资深的华裔美国作家赵健秀（Frank Chin）加以说明。赵健秀四十年来的文学创作与论述活动主要在抗议白人强势种族的种族歧视与文化偏见，目的在寻回华裔美国人的历史，消除种族刻板印象，以他所谓的英雄主义来界定华裔美国文学传统。他的创作因此是一种抵抗文学，他的论述则是对立论述。他的指涉往往是美国华人的离散历史与日常生活经验。他的家国想象不是建立在他少年时代成长的内华达山区，反而是大家所熟知的唐人街，以及唐人街所具现的中国的庶民文化传统。因此在批判与反击白人的文化偏见和种族歧视时，他所诉诸的家国想象基本上是文化的。众所周知，赵健秀崇尚他所谓的英雄传统，在文学上提倡一种男性英雄主义，他这样的论述立场屡遭非议，特别是他对汤亭亭、谭恩美（Amy Tan）等著名女性华裔美国作家的抨击，更被视为性别歧视。不过这样的论点也可能不尽公平。赵健秀其实也批判林语堂、刘裔昌（Pardee Lowe）、黎锦扬及黄哲伦（David Henry Hwang）等男性作家，同时对其他女作家如水仙花（Sui Sin Far）、韩素音及张粲芳（Diana Chang）等则颇多赞誉。他的关怀显然不在性别政治，而是道地政治（politics of authenticity）。换言之，他关心的是这些作家笔下所再现的是不是道地的中国文化——他的家国想象中所谓的中国文化。不合于他的版本的文化想象就会被他唾弃，就会被他讥为与白人强势种族和文化共谋合计。对赵健秀而言，家国想象背后的文化政治旨在止痛疗伤，是加拿大哲学家查尔斯·泰勒（Charles Taylor）所说的“修正的过程”，是为了修正弱势族群长期遭到扭曲的形象。

在唐人街所构筑的华人离散世界中，赵健秀触目所及都是他所津津乐道的英雄主义的符号。他在《这不是自传》（“This Is Not an Autobiography”）一文中说：

> 我总是被英雄传统所环绕。那些瓷器公仔都是些英雄人物，他们来自粤剧，来自故事与连环图所歌颂的战役，来自玩偶、木偶、浴缸童玩、印刷品、绘画、图像以及所有中国移民都具备，都直觉了解，都会搜集、倾听的俗言谚语。

在《真真假假的亚裔美国作家盍兴乎来》（“Come All Ye Asian American Writers of the Real and the Fake”）一文中，赵健秀表示，属于这个英雄主义中心最重要的人物则是《三国演义》中的关云长：

> 尽管关羽并非《三国演义》的主要角色，但他却是《三国演义》中最受欢迎的人物。通俗文化迅速将这位在历史、粤剧及文学上广受欢迎的人物转变成战争、掠夺及文学之神。他是刽子手、赌徒及所有生意人的守护神。他是完美、清廉的人格与复仇的具体化身。……所有俱乐部、团体、各式各样的联谊会，从香港的犯罪调查部门到功夫道馆和唐人街的帮会，都争着供奉关羽——更多人称他为关公（或关老爷）——为守护神。

关云长更被赵健秀上纲为“被践踏者、被压迫者的战士，与腐败的官吏、腐败的政府、腐败的帝国抗争不已”。有趣的是，赵健秀在再现的议题上一向以道不道地为判断的准绳，我们当然也可以用同样的态度检验他对关云长的再现。略知《三国演义》的人不难看出，赵健秀所再现的关云长其实托附了不少他自己的文化想象，有时候未必与《三国演义》相关。他笔下的关老爷的形象只是为了成就他自己构思的中国英雄主义而已，其目的在扭转白人世界对华人羸弱与女性化的刻板印象与错误想象。这样的家国想象主要是文化的，是为了回应白人强势种族与文化长期以来的歧视与偏见。

与赵健秀之类的作家不同的是，新一代的华裔美国作家所面对的移民情境毕竟大不一样，其离散意识与感性也极不相同，反映在家国想象上更是大相径庭。对新一代的作家而言，家国想象很多时候可能非关文化，而是直接指涉政治，而且通常家国不远——至少在时间上——想象可以相当真确。哈金在其小说《自由生活》（*A Free Life*）第六部分的第二十一章中，叙述男主角武男（Nan Wu）参加亚特兰大华人社区中心一个研讨会的经过。武男已经申请入籍美国，但却因此面临道德与伦理上的挣扎，他“不能确定一旦中美开战自己会站在哪一边”。他之所以参加这个研讨会，无非希望研讨会有助于厘清他在道德与伦理上的困境。这个研讨会的目的主要是为了探讨《中国可以说不》这本畅销一时的书，结果却演变成各说各话，各种立场与各方利益互相颉颃角力的场域，最后竟沦为互揭疮疤，人身攻击的闹剧。显然，离散公共领域虽然形成于去国离乡的集体交谊，但是并不表示就此泯除离散主体彼此之间的差异；既是公共领域，就不免众声喧哗，在面对家国与居留地的现实当中，我们看到国家认同或离散属性的纠葛难解。在研讨会中武男最后发言表示，“中国是我们的出生地，美国是我们后代的家乡——也就是说，是我们未来的地方”（据季思聪译文）。武男的话非常贴切地道尽离散社群如何徘徊在人类学家柯立佛（James Clifford）所说的“根”（roots）与“路”（routes）之间——“根”属于家国，属于过去与记忆，属于有朝一日可能回返的地方；“路”则属于居留地，属于未来，导向未知。在哈金的小说里，我们看到周蕾所说的身在离散的离散者，如何面对过去与未来，在记忆与未知之间踟蹰彷徨。

从赵健秀和哈金这两位不同世代且出身差异甚大的华裔美国作家身上可以看出，他们置身的离散情境既不一样，其离散意识也不尽相同，离散作为公共领域，对他们而言，更具有不同的意义。赵健秀将离散开拓为批判白人种族歧视与文化偏见的场域，哈金笔下的离散则成为不同地区华人新移民的政治与意识形态抗衡的空间。离散的多元繁复由此可见，王赓武所忧虑的“单一华人散居者的思想”显然是不存在的。

二〇〇九年九月二十四日于台北

第三辑

荒文野字

——张贵兴的《群象》

张贵兴是位说故事的能手。故事当然不是小说创作的全部，但却是极为重要的成分。和张贵兴同一代或比他年轻的小说家中，能中规中矩、不装腔作势把故事说清楚的似乎并不太多，这些小说家空有理念，或者急于表达理念，因此忙着让小说人物大发议论，可惜往往天马行空，不着边际，完全不理会小说情节的发展。在这样的风气之下，说故事不仅不是小道，擅于说故事更是种本领甚或美德。这是张贵兴小说的长处。张贵兴曾在前一部小说《顽皮家族》的《序文》中说，他要给他的“家乡和亲人写一点小故事”，其实《顽皮家族》的故事格局——夔氏一家的移民史——已算不小，其新作《群象》纠葛着民族与家族历史，故事格局显然更大。《群象》的文字诡异、稠密，情节布局时空交错，叙事策略不落痕迹，张贵兴将一段幽晦、悬宕的民族史与家族史交代得高潮迭起，其说故事的技巧显然更臻成熟。

《群象》的情节环绕婆罗洲沙捞越大锣镇施、余两家的家族史发展，两家的主要成员又都涉及沙捞越共产党与英国殖民政府以及后来新兴统治阶级之间的武装斗争。《群象》的故事即在此家族史与民族史（沙共不同派系多由华人组成）的纠结缪镐之下逐渐开展，终至掀开了家族史与民族史晦暗、诡谲的一页。张贵兴对沙共历史本质的掌握大致不错。沙共——甚至马共——的武装斗争当然隐含阶级意义，但更多的时候恐怕是出于民族主义，而且微妙地呼应了中国共产党的革命斗争，就好像《群象》的叙事者所说的，“拉让江永不疲惫从内陆流向南中国海”。《群象》所再现的沙共兴衰史是内斗不下于外斗，其最后下场就如扬子江部队指挥中心的广场上那“数十个歪歪倒倒的木人，有的断手断脚，有的困卧地上，有的鸟屎遍晒，有的如十字碑”。小说毕竟不同于历史，张贵兴笔下的沙共兴亡史其实是批判性记忆（critical memory）多于历史真相——如果历史也有真相或者真相可以还原的话。

沙共的兴衰当然不是《群象》情节的全部。施、余二家的遭遇与沙共的起落也纠结着难以厘清的关系。扬子江部队头子余家同所留下的《猎象札记》除详载施、余二家与雨林群象盘根错节的恩怨外，并揭露了施氏一家不为人知的秘密：施家后代六人皆非婚生子女，乃是小说中男孩——施家唯一幸存者——母亲在不同情况下与不同男人怀孕的结果。在表面波澜壮阔的民族历史底层，其实潜伏着暗潮汹涌的家族传奇。张贵兴在《群象》中所展现的创作雄心显然已不只是给“家乡和亲人写一点小故事”而已。

热带雨林不仅是《群象》的主要背景，更是张贵兴小说中永恒复现的象征。在张贵兴笔下，热带雨林阴森、原始、蓊郁、惧怖，既危机四伏，却也生机蓬勃，在他的若干小说中自成神话体系；相对于小镇世界缺乏想象力的政治现实与人际关系，雨林的神秘、深幽、危险反倒使之成为一个仍然可以任由想象驰骋的象征性空间。《群象》中的自然界——包括忽隐忽现的象群与嗜血啖肉的巨鳄——始终具有类似的相生相克的力量。

《群象》应是张贵兴截至目前最为重要的小说。小说所初步揭开的固然是雨林边缘华人隐晦的集体记忆，其所潜存的若干议题对此时此地的读者也应有相当的启发价值：华人移民应如何界定自身与原住民的关系？移民后代又该如何看待自己与母国的文化与政治关系？《群象》并不是一部依后殖民理论敷演的小说，不过小说中对英国的帝国统治与日本的殖民侵略，却也不乏深沉的批判。张贵兴以“荒文野字”形容余家同《猎象札记》前半部的某些叙述文字，因为里头“栖息着鸟禽鼠类”；《群象》中由民族和家族际遇所交织构成的雨林世界其实也充满了“鸟禽鼠类”，张贵兴以其诡异、陌生、浓密的荒文野字重建这样的一个世界，对他而言，这无疑是诚挚地折返家园，批判地搜寻民族集体记忆的文化历程。

一九九八年

性史

——苏童的《妻妾成群》

“性史”一词原是作者苏童的用语，指的是第二篇小说《罂粟之家》的主角长工陈茂纷繁杂乱的性生活。其实收集在《妻妾成群》的三篇小说，笼统都可以称之为性史：《罂粟之家》和《一九三四年的逃亡》是枫杨树乡村的性史，与书标题同名的《妻妾成群》则是大户陈佐千的性史。

支配这些性史的性政治大抵是由男性父权阶级所主导，并以维护与扩张其宰制女性的权力为能事。二十年前以《性政治》（*Sexual Politics*）一书成名的蜜莼（Kate Millett）即是这样界定两性的权力政治的。蜜莼视父权为一政治建制，因此无法摆脱权力的层系关系。《性政治》一书旨在颠覆男性父权的霸权意识形态，蜜莼之突出父权的权力关系，自是无可厚非，可惜却也因此忽略了父权的社会与经济关系。在延续扩大男性父权的宰制权力上，社会与经济关系所支撑的性政治其实同样有效。

我们先从《妻妾成群》这篇小说谈起。这是一篇《金瓶梅》式的作品。男主角虽然不是西门庆那样的性变态，其三妻四妾的情形，与西门庆则是不分轩轾。最重要的是，《金瓶梅》

的妻妾世界中经常上演的权力斗争，《妻妾成群》一作也巧妙地界定了妻妾之间的权力层系关系。这些妻妾心知肚明，她们之间的权力层系关系，永远受制于陈佐千所划定的社会与经济关系，因此也永远摆脱不了以陈佐千这个男性父权象征为中心的性政治。这些妻妾的权力斗争，手段繁杂，花样百出，最常用的当然是性，如果性还不足，则鼓舌摇唇，阴谋诬陷，可谓无所不用其极，其残酷激烈实在不亚于现实政治。身陷权力斗争的妻妾们其实都是身不由己，因为这是夺权、保权的唯一途径。像上了一年大学后即嫁给陈佐千为四太太的颂莲，原本清纯天真，一入陈府，不出几天即学会如何在权力斗争中立于不败之地。

《妻妾成群》中的妻妾们虽勇于互斗，但对于陈佐千这个权力来源却只能俯首帖耳，丝毫不敢反抗。这个权力来源得罪不得。颂莲在惹恼了陈佐千之后，马上就意识到，“这是她唯一不想干的事情”。接下来当然只好吮痈舐痔，期待在权力斗争中再获宠幸。妻妾们唯一可能的反抗就是与人私通，在性爱生活上另外暗辟小天地，一旦这片小天地为其他妻妾所窥透，在权力斗争的铁律下，下场自然万分悲惨。三太太梅珊投井自尽，就是一个好例子。颂莲虽未与人私通，但她与陈佐千的长子飞浦却有精神上的乱伦关系，最后乃不免以发疯收场。而作为权力来源的陈佐千仍我行我素，“第二年春天，陈佐千陈老爷娶了第五位太太文竹”，男性霸权之固如磐石，由此可见一斑。

妻妾间的权力斗争也可见于《一九三四年的逃亡》一作，而且还造成了关键性的后果。陈宝年的小妾环子怀孕之后，奉命自城中回枫杨树乡村待产，不期为陈某已失宠之发妻蒋氏

"在酸菜汤里放了脏东西"而告流产。儿子所象征的权力地位于是成为妻妾间食肉寝皮的主因。此之所以环子在流产之后，不忘报仇雪恨。偷偷地抱走蒋氏所生的婴儿，从枫杨树乡村消失；而蒋氏在穿破第八双草鞋，追踪环子至长江边后，绝望地回到枫杨树乡村。失去儿子的她只好改嫁同村对她觊觎已久的财主陈文治。

在《一九三四年的逃亡》中，枫杨树乡村的性史可以说是以妻妾的权力斗争结束。而在另一个枫杨树乡村的性史《罂粟之家》中，性政治因阶级政治的介入而更形复杂。按叙事者的说法，这篇小说的主要女角翠花花"像个皮球一样被刘家的男人传来递去拍来打去"。在这样的性剥削之下，翠花花唯一的反抗就是暗地里搭上长工陈茂。枫杨树乡村解放之后，在性与阶级治丝益棼的权力斗争下，地主刘老侠、翠花花、刘素子（刘老侠之女）、陈茂，全以身死终场，甚至刘老侠的儿子沉草（据说是陈茂与翠花花所生）也无法幸免，就这样结束了枫杨树乡村的另一则性史。

在《妻妾成群》中，可见女性角色对男性父权阶级自始就是依草附木，倚赖甚深；她们在男性霸权所支配的性政治中，最后或疯狂，或死亡，或消失，没有一位曾经发出任何抗议的声音。这也正是我在读完《妻妾成群》之后，掩卷之余最感到难以释怀的地方。

一九九〇年

语言问题
——张大春的《四喜忧国》

张大春的新书《四喜忧国》收集了作者的近作八篇。这八篇小说背景互异，有些甚至远在美国、日本，乃至于南美蛮荒，各篇所表现的关怀也不尽相同，但其中若干篇对语言问题的探讨，值得注意。

我们先以和书标题同名的《四喜忧国》为例。主角朱四喜对总统文告的沉迷可以说已到了难以置信的地步。对朱四喜而言，国家多难，社会动乱，根本的原因就是少了总统文告；于是，他以自己有限的语文能力，写了一篇《告全国军民同胞书》，由于报纸不愿发表，他只好自己影印了四千份，“挨家挨户地散发出去”。朱四喜的文告自然是对总统文告的仿拟，以朱四喜的知识能力，当然无法了解语言与权势之间的复杂关系，但对文告（语言）的权势及其魔力，他是深信不疑的。此之所以他相信社会风气的良窳，与总统文告之多寡，有其密切的关系。

朱四喜对语言的信心可能是个异数。在这本小说集里，有不少主角就不断对语言的功能——特别是模拟功能——加以质疑。《自莽林跃出》的主角兼叙事者是位游记作者，他相信写游记“必须严组密织、抑扬顿挫、有情节、有高潮”。这些语言策略其实是把“真实”分化殆尽，此之所以他的游记除了文字之外，还必须附有“相片和录音带为证”。即使如此，资深的报社编辑都不知道“我写的是真是假”？这一切在在说明了语言的模拟功能值得怀疑。

语言对真实的分化尤见于《晨间新闻》这篇小说。强尼·华特斯是伊利诺伊州新榆郡地方电视台的晨间新闻播报员，他一向亲自撰写新闻，而他所播报的新闻从来不会出现内容画面，“道理很简单，强尼认为任何画面都会为观众带来一些‘镜头的意义’，这些镜头本身的意义却可能导致人们去渲染、夸大或武断新闻的意义”。显然，强尼与《自莽林跃出》的主角兼叙事者对语言的态度是大相径庭的，与后者不同的是，强尼担心镜头画面对语言的分化。问题是，强尼忘了，他所报道的“真实”其实并不是真实，而是一连串的语言而已，他所报道的“真实”已经是经过语言层层诠释的产物，不管有没有镜头画面，也早已不是原来的真实了。因此，叙事者批评说：“你永远也搞不清晨间新闻是真是假。”

甚至在《将军碑》这篇小说里，我们也可以看到对语言的质疑。将军九十岁冥诞那天，纪念碑落成揭幕，他的儿子维扬应邀发表一篇长达七分半钟的演讲，讲题是《我的父亲武将军生前二三事》。将军的鬼魂对这篇演说中所叙述的种种，有些简直“不敢置信”。不敢置信的原因主要当是语言的夸大、膨胀，去真实过远，惹得将军的鬼魂还要颤声追问维扬：“你，你这，这是真话？”

《四喜忧国》收了两篇以兰屿雅美族人——现称达悟族人——为主角的小说。这两篇小说处处可见德希达（Jacques Derrida）称之为暴虐层系（violent hierarchy）的二元对立：自然与文化、原始与文明、乡野与都市，等等。在这样的二元对立中，弱势的一方始终要受到强势的一方所支配与宰制。即使对语言的应用也没两样。像在《最后的先知》里，小伊拉泰读了女记者所发表的《海角乐园七日游》之后，“他像嗅出风向和暗礁位置一样地嗅出那赞叹语调来自一个高高在上的角度”；至于核子废料的问题，女记者则只字未提。在强势文化的语言霸权下，真实完全被颠覆了。

同样的情形也发生在《饥饿》的主角巴库——也是雅美族人——的身上。巴库在饮食方面禀赋惊人，因此被利用为推销食物的活广告，先是推销释迦，其次是香肠，再次是餐厅菜肴及其他各种饮料食品，最后甚至于被迫吃下 X 二一〇八型米乐达个人电脑兼传真机。就在拍摄这个广告的时候，巴库的肚子撑破了。作者的魔幻写实在这种情形下发挥到了极致：

> 所有他曾经吃下去的东西：廖医师的糖果、飞鱼、山芋、槟榔、馒头、释迦、大香肠、精点斋的各种米面美食、巧克力糖球、速食面……这一切从未经过巴库消化的东西又重新出现在这个世界上，它们的数量实在太多，很快地便充实在整栋楼的空间之中……

显然，广告词（如巴库常说的：“百吃不厌，来福牌！”）和真实之间永远有一道鸿沟。在上面所讨论的几篇小说里，我们看到的是语言对真实的分化，但在《饥饿》这篇小说的结局（也是巴库命运的结局）中，我们却看到语言（广告词）如何遭到质疑、分化。透过这种质疑与分化，我们也隐约听到了自然（巴库）对商业文明（广告和商人）、弱势民族/边陲文化对强势民族/中心文化的不满与抗议。

语言问题当然不是《四喜忧国》的全部关怀，但其中所透露的若干讯息，仍然值得留意。

一九八八年

一九五〇年代台湾文学的乡愁
——齐邦媛的《千年之泪》

《千年之泪》收集了齐邦媛教授近二十年来研究台湾小说的论著十篇。其中绝大多数在发表时皆已拜读，如今辑印成书，整体重读，不仅得见诸文间层层的相互指涉关系，更得以全面地管窥齐教授的主要关怀与信念。

《千年之泪》有一个副书名："当代台湾小说论集"。既是论集，这显然不是一本依计划撰写的专书；但如果将这些论文略加分类，却也不难理出若干脉络，看出这些论文的性质。大抵而言，本书诸文可以粗分为两大类。一类属导论式的论文，包括《时代的声音》《千年之泪》《闺怨之外》《留学"生"文学》诸篇。这些论文以近乎编年的方式，分别回顾、检讨、评论了一九四五年以来的台湾小说、一九五〇年代的"怀乡"小说、过去四十年的女性作家，以及迁台后三十年间的留学生文学。这些貌似小说断代史的评论，追溯了四十年来台湾小说不同面貌的演变轨迹，在齐教授所提供的鸟瞰图里，我们清楚看到文学生产与政治、社会、经济活动之间的复杂关系，也看到意识形态环境如何影响文学的生产活动与文学系统的变迁。

本书的另一类论文则是作家的个人作品研究，讨论的小说依序包括了鹿桥的《未央歌》、潘人木的《莲漪表妹》、司马中原的《荒原》和《狂风沙》、林海音的《城南旧事》，以及李乔的《寒夜三部曲》等。这些小说泰半都是齐教授所说的“民族集体的回忆记录”，是中国式史诗境界的演出。选择这些小说，自然不是巧合；因为这样的选择与齐教授本人的文学信念密切相关。齐教授在《千年之泪》一文中不止一次提到，有人在比较大陆和台湾的文学时，总是轻率地贬抑台湾文学徒有技巧，缺乏大陆文学中所谓的“大时代”。《千年之泪》诸篇的研究对象多的是呈现所谓“大时代”的作品，可见这种贬抑在实证上是未加检验的；而在理论上，这种说法也禁不起考验，因为其背后的理论假设是问题重重的形式与内容的二分法。其实，正如齐教授所说，“社会情势变好之后，正常社会的其他题材自然取代苦难的回忆与申诉。如以空间的大小推论时代，是没有说服力的”。世人多势利，这样持平明白的话，究竟多少人能听得进去?

《千年之泪》中有若干洞见，值得我们注意。譬如，在《千年之泪》一文中，齐教授提醒我们，大陆“文革”后涌现的伤痕文学，其实与一九五〇年代台湾的怀乡文学有极多相似之处。“这强烈的似曾相识的感觉，使我们必须回头去肯定当年怀乡文学的预言性。那些歌哭追怀故乡废墟的尘封之作，竟是全然契合成为伤痕文学的序曲，中国现代苦难的序曲”。摆在这样的指涉关系中，一九五〇年代某些怀乡文学启示录式的视境显然另有新义，有心治这一段文学史的人不能不察。作者又借一九五〇年代一个永恒复现的文学母题——饥饿，勾勒出现代中国小说一个颇具普遍性的关怀。从《荻村传》到《秧歌》，从《寒夜三部曲》到《杀夫》，从《棋王》到《绿化树》，饥饿像“一张遮天盖地的符咒”，是现代中国小说中许多角色的共同经验。这个经验不仅注定了这些小说之间的相互指涉关系，其隐含的控诉与抗议，也使得这些小说的政治潜意识昭然若揭。

此外，在讨论台湾女作家的作品时，齐教授认为，“由最早出版的女作家作品看来，在台湾创作的中国现代文学是个闺怨以外的文学，自始即有它积极创新的意义”。《闺怨之外》一文原就有意规避性政治，作者避用“女性文学”或“女性主义文学”之类的符号标签，原因即在于此。这几年女作家被商品化的倾向似乎相当严重，在出版商、大众媒体（包括报纸副刊企划性的设计）、连锁书店等的推波助澜、层层操作之下，商品化发挥了惊人的宰制力量。商品崇拜不免导致物化，女性意识之遭到异化，诚非偶然。齐教授以为“台湾文坛尚无以‘女性主义’为基础的小说创作”，宁非可信。

作者显然相信泰恩（Hippolyte Taine）的文学三要素——时代、民族、环境，除了在自序中表明这一点外，《千年之泪》诸篇畅论个别小说的文字都可视为这一信念的注脚。齐教授在论《莲漪表妹》时，看出这是一本关于人与时代的书；论司马中原前二十年的创作时，认为他所写的是“一首激情汹涌的民族苦难而不屈服的史诗”；论《寒夜三部曲》时，发现土地和居民的关系才是李乔的关怀所在。基于这种信念，也就难怪作者对《未央歌》所构筑的桃花源式的逃避世界，始终无法释怀。《千年之泪》除了有专章讨论《未央歌》外，在析论《莲漪表妹》时，仍处处不忘以《未央歌》作为对比。这是全书最富批判性的两篇文字，另有一篇论《狂风沙》中的轿子文化，批判的对象则是台湾当前的政治文化。作者提出了一个颇具普遍性的质疑：在今天台湾的政治赛会中，轿子里“是否端坐着有德、有识的现代英雄呢”？

《千年之泪》是一本诚挚的书，处处可见作者感同身受的真情与诚意。作者在自序中自承，这不是一本全然客观冷静的评论集。这本书动人之处，恐怕也在于此。所谓客观冷静，原只是程度的问题，其实并无其事。齐老师，您说是吗？

一九九〇年

历史与铜像

——张系国的《一羽毛》

张系国在《一羽毛》的《后记》中说，就他而言，科幻小说的人文意义乃是“历史浪漫情怀的再现”。至于什么是“历史浪漫情怀”，作者并未细加说明，我猜测其中或许包含着对历史发展中另一种可能性的反省，这一点可见于张系国对长征结果的态度。《一羽毛》所敷演的，依我看来，正是历史进程中另一种选择的检讨：时空妖孽的出现，造成时空错置，智者阿占与戚姑娘竟脱离他们当下的时空，进入三年后的呼回世界，并且亲身参与光复索伦城之役（虽然功败垂成），最后目睹铜像教主为时空妖孽所噬，而索伦城终为呼回世界的原住民蛇人、豹人、羽人和盖文人所破。正确无误的呼回全史也因此出现错误，因为“史书里的史实都被时空妖孽破坏掉，已经完全丧失价值”。换言之，整个呼回世界的历史因时空妖孽的介入而不再依原先的进程发展；阿占说得好：“自从时空妖孽出现之后，一切都不确定了。”不过，即使没有时空妖孽出现，历史真的是那么确定的吗？

《一羽毛》中的历史其实是一堆瓦砾。“纵然是花果飘零，索伦城终将复兴。”这句话仿佛魔咒，呼回世界的人大概都会朗朗上口。但是正如戚姑娘所质疑的，“如果这信念是错的呢？

如果索伦城已经万劫不复，这么多人的牺牲，为的是什么?”我们看《一羽毛》中所叙述的呼回历史，只见血流成河，死尸枕藉，甚至灭族灭种的事，也不乏实例。这样的呼回历史——似乎这是人类的历史——使得有关历史主体与目的的争议显得矫饰而毫无意义。读《一羽毛》（以及《城》的其他两部）不时让我想起班雅明（Walter Benjamin）的《论历史的观念》（“On the Concept of History”）。班雅明显然怀疑历史事件的必然性，也不信诸多历史事件组构起来即可导出进步的观念。他说，历史的天使面向过去，“在我们看到连串事件的地方，他看到的是一场灾难，废墟堆积着废墟”。《一羽毛》一开始就是一片死伤与火海，结束时整个索伦城更是城毁人亡，烈焰腾空，可以想象整个京城最后必将沦为瓦砾一堆，不论理由何等冠冕堂皇，最终不免是一场“废墟堆积着废墟”的灾难。

在《一羽毛》所构筑的呼回世界中，最为诡谲、最蛊惑人心的当然是那一尊似幻似真的庞然巨物的铜像。对索伦城的居民而言，这尊据说在第四次星际战争时，被龙级无畏战舰气化的铜像无疑是一部面貌难以捉摸、意义变动不居的文本，时而被视为时空妖孽，时而被当作索伦城的灵魂，时而又被认为是索伦城的原罪，甚至它的存在是实质或是幻影，是它操控铜像教主，或是被铜像教主所控制，在《一羽毛》的整个叙事过程中，这一切显得暧昧难明。这一层晦涩诡异其实隐藏着政治潜意识。铜像一旦变成政治图腾，其与权力之间的辩证势成纠葛：究竟是铜像具现权力，还是权力依附铜像，震慑人心，或者两者互为表里，相因相成?《一羽毛》中铜像的真假难分，其实也隐含权力的虚实难辨。真假虚实甚至可能并不重要，就如铜像教主所言，“要紧的是你我心中都有铜像，铜像并不是身外之物”；换言之，铜像乃是不假外借或幻由心生的魔障，因此，《一羽毛》临结束时戚姑娘放胆痛斥铜像为“没有生命的东西”，铜像随即消逝得无影无踪，呼回世界的未来也因而被导正过来。历史显然不需要铜像。

张系国对当代文学理论似乎缺少同情，职是，《一羽毛》中施老将军所服用的解郁丹被视为解构药，恐怕是别有寓意了。《一羽毛》的叙事者说：“解郁丹虽然使‘施老将军’心智恢复正常，却也逐渐摧残着他”，这样的寓意解构主义者恐难接受。其实《一羽毛》一书才是一部不折不扣的解构文本，张系国所解构的正是铜像所具现的理体中心主义（logocentrism）：本质、根源、中心等观念在铜像的虚实真假辩证之余，在叙事过程中一一被颠覆殆尽。甚至历史——作为真相的再现——这个观念，在阿凸与戚姑娘的反复辩诘之下，也不再稳然确定。至于《一羽毛》结束时呼回世界原住民的反扑，不正是边缘对中心所进行的颠覆吗？这种种解构现象，恐怕连《一羽毛》的作者也始料莫及。

一九九一年

岛城故事多

——杜忠全的《老槟城的娱乐风华》

一

今年（二〇一三年）农历春节，三弟几次开车载我重访槟城。其中有一次，我特地要他带我去看新世界游乐场。去之前我心里早有准备，经过了将近半个世纪的岁月，我记忆中的新世界一定不可能一成不变地维持着旧日的风貌了。

我在槟城度过少年时期，那是一九六〇年代——一九六八年之后，我就离开槟城了。在告别槟城之前我住在车水路（Burma Road），住处对面就是汕头巷（Swatow Lane），新世界游乐场的大门正好面向汕头巷。我记得很清楚，那时面对新世界大门的是一家印度人开的小餐厅，我和几位同住的朋友经常到这家小餐厅用餐。餐厅的老板是位中年人，他的印度咖喱鱼和洋葱辣椒煎蛋至今令我难忘。因为经常光顾的缘故，我还跟他学了几句淡米尔语。

三弟让我在车水路下车。我在汕头巷前的红绿灯旁等候穿越马路，汕头巷巷口有一栋杂草蔓生的双层废弃洋楼，外形还在，只是整栋楼房明显地曾经经历大火，外表一片焦黄。一九六〇年代越战烽火正炽的时候，这栋楼房叫快乐酒吧，是来槟城度假的年轻美军花天酒地的地方。不知道快乐酒吧何时变成了荒屋。

我沿着汕头巷走，来到新世界游乐场的大门。大门对面是有一家小餐厅，一位马来青年正在忙碌，不过这已不是我四十多年前经常光顾的小餐厅了。新世界除了大门旁围墙上留下“新世界”与“New World Park”几个中、英文大字外，游乐场过去的面貌与内容已经荡然无存，剩下的就是杜忠全在他的新书《老槟城的娱乐风华》中所提到的“一堵被遗忘在街边小吃摊背后的围墙”。杜忠全这样描绘新世界曾经拥有的繁华过去：“老围墙把内里光景给遮掩了去，如果不是曾经从那里头走出来的，如果不曾听岁月的过来人细数过往年华的，也就只看到围墙外那运水贩浆的人影交错，而见不着它更加热闹与欢腾的另一个面向。”

我算是杜忠全笔下的“岁月的过来人”，的确曾经见证过新世界游乐场“更加热闹与欢腾的另一个面向”。我对新世界的记忆多年来就一直停留在这个面向。一九六〇年代最初几年，我在钟灵中学念初中，住在百大年路（Patani Road）外祖父家。我有九位舅舅，其中一位就住在新世界游乐场附近。他在新世界外面经营脚踏车停车场，就像现在的汽车停车场那样。半个世纪之前，拥有汽车的人不多，公共娱乐场所真正需要的因此是脚踏车停车场而非汽车停车场。我这位舅舅曾经是位足球健将，一度在俱乐部踢球，印象中似乎还担任过槟城足球队的守门，也踢过以跨国华人球队为对象的和和杯。他何以后来会经营脚踏车停车场，我至今不甚了了。

我只记得，念初中那几年，每个月外祖母都会要我到新世界游乐场那儿向舅舅拿钱。我从百大年路所在的柑仔园（Dato Kramat Road），有时走路，有时骑脚踏车，一路穿过大街小巷来到新世界。每次舅舅都会或多或少给钱，同时也会给我几角马币零用。那是我有关新世界的最早的记忆。念高中的最后一两年，我离开了外祖父家，搬到车水路的一栋四楼公寓，那已经是一九六五年左右的事。因地利之便，新世界变成了我的重要娱乐场所，而我的舅舅似乎也在那个时候离开了那一带。直到一九六七年前后我挥别槟城之前，我再也没有见到他——他已在几年前过世了。他对我相当严厉，如果那些年他看到我不时在新世界闲逛，准要把我叫去训斥一顿。那些年我和朋友们逛新世界主要是看电影——看电影是那个年代最为普遍的大众娱乐。新世界场内共有两家电影院，一家叫环球，另一家叫丽都。我们比较常光顾环球。杜忠全在《老槟城的娱乐风华》中对这家电影院的描述颇为传神："那是半开放式的木板建筑，墙板与屋檐之间大方地敞开来，就像大世界的中央戏院那般，因此，它只能在天黑之后才营业。……这样的建筑体，让人们即使不掏钱买票，也尽可站在外头看完一部院线片。"

杜忠全所说的"墙板"，我记忆中却是水泥墙，我的记忆当然也未必可靠，只记得这堵墙大约有一百五十厘米高，我们经常就站在墙外，下巴顶着墙头，一站就是两个钟头，相当克难地观赏银幕上的演出。我离开槟城前一两年，何乃健正在美以美男校的黄昏班读大学预科（Form Six），乃健骑脚踏车路过车水路，常会找我去新世界看电影。乃健知道善用时间，有时候为了配合上课，他会在看了第一场电影的上半部之后，匆匆赶去学校，上完课又回来看第二场的下半部。这样上、下半部加起来，就观赏了完整的一部电影。其实只需买票进入新世界，站在墙外看电影，就可以省下电影院的戏票钱。到了第二场电影演到下半部，时间已经很晚，偶尔甚至可以免费入场。这是我那些年留下的比较深刻的记忆。

除了新世界，杜忠全在《老槟城的娱乐风华》中着墨甚深的其他两个大众娱乐场所是新春满园与大世界游乐场。我依稀记得，新春满园是在头条路与二条路一带，距五盏灯（Magazine Circle）不远。杜忠全笔下曾经风情万种的新春满园我没经历过。这个游乐场风光一时的岁月当在一九五〇年代，那是我的童年时代，虽然我童年时经常随母亲自吉打到槟城探望外祖父母，但是毕竟年龄太小，随大人到过的地方几乎完全毫无印象。我对新春满园的记忆始于一九六〇年代初期我念初中的时候，而记忆最深的就是杜忠全书中提到的那些书店与租书店。我早年拥有一些鲁迅、曹禺、艾青、沈从文、臧克家、郁达夫、徐志摩等人的作品，大部分是在新春满园的书店购买的。我记得还在那儿买到《少年维特的烦恼》和《普希金抒情诗集》——前者应该是郭沫若的译本，后者则要到很多年后我才知道，其译者查良铮原来就是诗人穆旦。可惜离开槟城之后，这些书也都不知去向了。后来我搬到车水路，不知道何以很少再到新春满园的书店看书，也许文学品味或性情改变了，我的阅读渐渐转向英、美、港、台的文学作品。

大世界游乐场距我在车水路的住处其实不远，走路也许花不了半个小时，不过大世界并不是我经常游荡的地方。我对大世界较深的记忆是陈惠珍（Rose Chan）的脱衣舞表演与游乐设施之一的碰碰车。我从来没亲自玩过碰碰车，看别人家在场中碰来撞去也是一乐。至于是否看过陈惠珍的表演，我现在不仅毫无记忆，连陈惠珍的长相也完全没有印象。只是当时年少轻狂的我们，谁人不识 Rose Chan？大世界留给我的另一个记忆竟是椰花酒的酒香味。我依稀记得，距游乐场不远的地方有印度人酿制与贩卖椰花酒。

如果说我对大世界游乐场已经记忆模糊，小我一个世代，在我离开槟城之后才出生的杜忠全对大世界的记忆也相当零碎与片段。他在《老槟城的娱乐风华》中这样重建他童年的大世界记忆："港仔墘边上的大世界，后来我在搜寻自己脑海里仅得少许的老槟城残迹时，就只翻出这样的画面：那是让父亲牵着进去的，入目迎来的先是高高挺立的摩天轮和闹声喧哗的碰撞车游戏场，接着我们父子的身影停在中央戏院的外边，两双视线一起都往屋檐底下抬望了去，银幕上的戏正上演，但不消一会儿，我便不耐烦地把父亲往灯光亮着的方向拉了去，画面至此便淡出了。"杜忠全说他不清楚这些片断回忆究竟是某一次经验留下的画面，抑或是多次经验的蒙太奇剪接。其实这也正是我读《老槟城的娱乐风华》之余，循着杜忠全的叙述尝试重建半个世纪前我的槟城记忆时的主要疑惑。

二

我初读杜忠全有关旧日槟城的书写是在两三年前，最先读到的是《老槟城路志铭》和《我的老槟城》，后来黄远雄把他珍藏的《老槟城·老生活》转赠给我，我才能够比较全貌地一窥杜忠全的老槟城叙事。台北以外，槟城是我住过最久的城市，是我少年记忆的主要内容。如今我已经微入老年，那些曾经鲜明如昨的少年记忆已经随着岁月的消逝而渐趋模糊，甚至留下一片空白。杜忠全的老槟城叙事对我相当重要，这些叙事不仅为我召唤已经消隐的过去，稍稍为我重新擦亮尘封数十年的岁月记忆，让我因此更了解槟城这座岛城的前生今世。

在《老槟城·老生活》这本杜忠全最早叙写旧时岛城的书中，他把自己的书写视为“回家的仪式”。参与这个仪式的还有一位长者谢清祥先生，杜忠全透过这位槟城老人的生活记忆，开始粘粘贴贴，把往昔槟城的部分面貌细加拼凑。这个过程最后难免掺杂了个人的因素。他说：“从午后的谈话出发，再以文字来归结，那终究是老人家记忆深处的老年代生活，引发了我一窥究竟的好奇，这是至关紧要的主观因素——从谢先生的生活旧忆，我总无法阻止自己去联想或猜度父母亲生活的年代，或者更久远的祖父母曾祖父母的老年代……”

谢先生长我五岁，就少年时代的老槟城记忆而言，我们应该算得上是同时代的人，因此拥有许多共同的记忆。杜忠全与谢先生最早的互动是从挖掘民间弹唱艺人陈同同的故事开始。《老槟城的娱乐风华》全书共分三辑，第一辑以六个部分细说陈同同走唱艺术的坎坷命运。对我那个年代的槟城华人而言，陈同同是个家喻户晓的名字。住百大年路外祖父家那几年，我曾见过陈同同数次，都是华灯初上的时候，我在外祖父家门口看见他抱着月琴路过。他的长相我已经记忆模糊，印象中他个子不高，总是着短西裤居多。杜忠全对陈同同形象的描述正好为我找回久已失落的记忆。他指出：“街头走唱的陈同同，一般是身穿有领 T 恤，间或穿着白色的短袖衬衫，头戴一顶布帽，腰下一件短裤或长裤的，而脚底通常拖着一双日式拖鞋。他以这一身装扮走入人群中，并不显得特别醒目。特别的是他手上的那一面月琴，以及月琴杆上挂着的那一串签卦，这才是陈同同作为民间‘占签艺人’的形象标志。”

我不能算是陈同同迷，不过住外祖父家那几年，我也曾不时坐在外祖父的浮脚楼客厅，靠着窗户守着丽的呼声收听陈同同的弹唱艺术。丽的呼声属有线广播，五十年前线路有限，其槟城台的广播范围因此局限于乔治市与其近郊地区。能够透过丽的呼声收听陈同同的说唱演出的毕竟有限，为了糊口，陈同同在丽的呼声演唱之余，仍必须仰赖其走唱生涯。

根据杜忠全的考证，半个世纪前陈同同在丽的呼声弹唱的节目叫“福建杂碎调”，“每周播出三个时段，每段节目一个小时。这一个时段内，据该节目制作人指出，该台是完整地播出陈同同的弹唱，节目中段不曾插播广告，因此是一个完整的节目时段”。这些细节我如今已经完全毫无印象，我应该不可能收听陈同同每一个时段的节目的。在说漳州话为主的槟城华人社会，陈同同的闽南语说唱不难引起共鸣。不过祖籍福建的外祖父是受殖民地教育的峇峇，一家人常用的语言是英语，丽的呼声大部分时间因此停留在英语台。我不确定除我之外，外祖父家中其他成员对陈同同是否也有兴趣，或者听得懂他的弹唱艺术；可以确定的是，陈同同的大名家中大概无人不晓。这是文化记忆最为微妙的地方。像我外祖父这样中文大字不识一个的华人，照样知道要尊敬孔子与孙中山。

我如今已经完全不记得陈同同弹唱艺术的内容，细想其主题应该不脱教忠教孝之类传统戏曲的重要关怀。陈同同除了在丽的呼声表演弹唱之外，后来也同时在马来西亚国营电台的槟城分台演出，节目叫“陈同同弹词”。杜忠全这样描述陈同同的表演：陈同同向来“不带任何脚本，只手抱一面月琴，就自信满满地步入录音室了。录音的过程非常顺利，只录一次就成，很少有出错的情况”。而在这些几乎不曾重复的弹唱戏曲中，依杜忠全的了解，“有非常高的比例是哭哭啼啼的苦情戏”。在《我的老槟城》一书中，杜忠全撰有长文《追寻一段月琴传奇》，文中约略提到陈同同弹唱戏曲的主要题材：“在月琴那不间断的拨弦声中，他时而唱着传统的歌仔调，时而穿插说白。说说唱唱之间的，无非都是一些唐山老故事：梁山伯与祝英台的爱情传奇、宝莲灯的人神恋故事、王宝钏的苦守寒窑，等等。除了手里的那一面月琴之外，这些故事的不同角色，不管是男的女的老的少的，都只由他一个人的声音来演绎。”不过，让陈同同的故事更增添传奇色彩的是，他原来是被华人家庭领养的印度人。难怪我少年时代印象中的陈同同皮肤较为黝黑，脸廓也与一般华人有异。

三

杜忠全的老槟城系列著作其实都是记忆的书。这些记忆一部分为作者本人所有，另一大部分则属于他人——尤其是比杜忠全年长者。有趣的是，这些个别的记忆最后似乎组构成集体记忆，是许多上一两代槟城华人的共同记忆。记忆在当代理论与思想中是个非常复杂的课题，不待弗洛伊德介入这个课题的讨论，圣奥古斯丁在其名著《忏悔录》（*Confessions*）中早就告诉我们：

> 记忆……就像一片广大的田野或者一座巨大的宫殿，一座储藏着无数各式各样由感官知觉传送而来的影像的仓库。这座仓库也贮藏着所有我们透过感官知觉而增减修饰的思想，同时也储备着任何我们付托保管的东西，直到有

朝一日这些东西被吞噬且被掩埋遗忘为止。

圣奥古斯丁的话说明了记忆与情感和情动（affect）之间的关系，当他以“增减修饰”之类的字眼描述思想与感官知觉之间的互动时，他其实也在暗示记忆是如何纷陈杂乱，甚至如何渺不可及。记忆无所不在，但记忆又多半零碎、隐匿，乃至于行踪成谜，重建记忆的过程因此繁复而曲折。这样的过程在在可见于杜忠全书写老槟城的计划之中。杜忠全也许不曾意识到，他的老槟城叙事虽然建基于他自己与其他个人的回忆，这些破碎、片断、凌乱的记忆最后竟不无吊诡地构成了他的版本的集体记忆。

这些集体记忆其实隐含记忆政治（politics of memory）——我说“隐含”，因为杜忠全在他的书写中从未明说，其实那是属于政治潜意识。回忆，当然是在回忆的内容已经消失之后。这些内容以记忆的面貌存在，但记忆的面貌支离破碎有如上述，在重建记忆的过程中，要选择什么，要如何选择，甚至如何重建，又要重建些什么，在在涉及了复杂的记忆政治。以杜忠全的老槟城书写计划而论，这个计划不仅在召唤老槟城人的集体记忆而已，其实也同时在有意无意间赋予老槟城特定的身份意义。

槟城是个后殖民城市殆无疑虑。一七八六年八月十一日，服务于东印度公司的英国商人莱特（Francis Light）在现今关仔角的康华利斯堡（Fort Cornwallis）登陆，以向吉打苏丹租借为名，将华人所称的槟榔屿或马来人所说的 Pulau Pinang 改名为威尔斯亲王岛（Prince of Wales Island），从此槟城被纳为大英帝国的殖民地，除太平洋战争期间短暂的三年八个月外，至一九五七年马来亚独立为止，槟城实质被英国殖民统治了近一百七十年。因此槟城至今仍处处残留着有形的殖民遗迹，如维护完好的殖民建筑与供人凭吊的防御工事等。此外，槟城的许多地名和路名依然保留着印记鲜明的殖民色彩——槟城的首府现在仍延用旧称乔治市（George Town），当初显然是为了纪念英王乔治三世而命名的。

不过在杜忠全笔下，老槟城却另有一番景象。依我看来，他的老槟城更是一个充满了华人记忆的离散城市。别的不说，他在二〇〇九年出版的《老槟城路志铭》就清楚标志了他在殖民历史之外力图保存华人离散记忆的用心。我在短文《观音亭》中曾经提到，“槟城的华文地名绵远流长，自成系统，所据多为华人社群的历史经验，对官方说法多半不加理会”。林春美在《老槟城路志铭》的序言中把我的上述命题说得更为清楚：

> 在槟城历史的不论是殖民抑或后殖民阶段，乔治市许多官方命名抑或重新命名的街道，始终与槟城人民口头流传的路名存在一定程度的分裂与歧异。较之多在纪念某人某事的官方路名，民间路名里收藏的却是市井的生活面貌。这些殖民岁月嬗变而逐渐风化、不曾铭记于任何一面路边小牌子上的市井生活，仿佛只是一段段仅能靠口耳相传的历史。而将口头路名所承载的“故”事书面化，在某个程度上保存槟城人民对于某个年代某种生活的集体记忆，是杜忠全的“路志铭”的最主要意义之一。

换句话说，杜忠全透过这些路名的考掘，希望在官方的街道命名系统之外，模塑另一套主要以华人的离散记忆为基础的命名系统，提供有别于官方说法的另类历史，而这样的另类历史，在时日推移之下，或者在新的国族论述刻意操弄之下，是有可能日渐模糊，最后甚至于消逝殆尽的。就凭着杜忠全所说的这份“老式的乔治市街道图”，他——还有许许多多散居于他乡异域的槟城游子——找到了另一条回家的路，也看到了路上另一番面貌不同的城市景色，摊在眼前的更是一则则的离散故事。以我离开槟城前所住的 Burma Road 而言，路名称缅甸（Burma，现在国名为 Myanmar），极可能与英国对缅甸的殖民统治有关，不过华人在日常生活中却把这条路称作车水路，原来这里早年曾经被称为牛车水，这个地名显然出于十九世纪与二十世纪初华人的生活记忆。那时代的华人，依杜忠全的说法，“不管是闽南籍还是广府籍，确实都把那里唤作‘牛车水’”。当然牛车水日后又被简化为车水路。这是旧日的殖民历史与华人的离散记忆相互颉颃或各行其是的一个例证。

杜忠全的新著《老槟城的娱乐风华》无疑也是属于类似的计划。这本书第一辑所叙弹唱艺人陈同同的故事固然纯属华人的文化记忆；第二辑记述的“市井休闲与娱乐”，也完全与华人社群的生活记忆密切相关；第三辑谈老槟城的大型游乐场，新春满园不论舞台表演、美食天堂、游乐场，或书店与租书店，都是为了满足华人的物质与精神生活，即使大世界与新世界游乐场，据杜忠全的叙述与我少年时代的记忆，其服务对象也以华人为主。因此整体而言，《老槟城的娱乐风华》所刻意召唤的，显然是槟城华人的集体记忆，其所重建的则是有别于官方叙事的华人的日常生活史。这个计划意外地松动了官方叙事的霸权地位，找回官方叙事在有意无意间忽略或抹除的过去。

我在上文中以较多的篇幅讨论了《老槟城的娱乐风华》的第一与第三辑，在结束本文之前，我想约略谈谈本书的第二辑，并借此对文化记忆的议题稍作申述。本书第二辑比较零碎地回顾畴昔槟城华人日常的休闲与娱乐活动，其内容包括生活公市里的粤曲演唱、日本横街的走唱人与街上的风尘往事、唐山大戏的沧桑岁月、岁末年俗在实践上的变化、东方花园的休闲设施、英资百货所提供的逛街乐趣等，不一而足，内容看似琐碎而欠缺系统，实则也相当全面地触及昔日华人普遍的日常生活与娱乐需求。而在这一辑中，写得较为深刻且牵涉较广的当属唐山大戏一节。

所谓唐山大戏，实际上主要指的是闽南戏曲。根据杜忠全的叙述，槟城闽南社会的戏曲活动在太平洋战争之前即已存在。一九三〇年代初，厦门的鹭江剧团曾经到槟城演出，当时大家就把剧团演唱的曲调称为“鹭江调”。不过在往后数十年间，对槟城闽南戏曲带来真正影响的却是日军南侵前夕来自日据台湾的两个戏班，即丹凤社与凤凰社。由于大受欢迎，其他台湾戏班也跟进南来，这些戏班演出的都是源于闽南一带的戏曲，在台湾被称为“歌仔戏”。因此也叫“台湾戏”。后来新加坡与槟城两地的艺人合组本土闽南剧团，既不能称唐山大戏，也不宜叫台湾戏，结果大家就称之为“福建班”。这也正是我少年时代所熟悉的叫法。我要到台湾求学以后，才知道台湾的歌仔戏原来就是自己以前所熟知的福建班。在我小时候，母亲偶尔会带我去探望另一位舅舅，我依稀记得，舅舅一家住在一个大杂院里，里面就有福建班和布袋戏班。布袋戏的正式称呼为“掌中班”，我们小孩子却以福建话（闽南语）把布袋戏戏称为“摸尻穿”，即摸屁股之意。

杜忠全提到一九六〇年代前后槟城福建班的著名艺人月里桂："月里桂原是台湾凤凰班的艺人，战前随团来槟，当时的艺名是月中桂，后来长期滞留槟城，自己组了戏班之后，便改了月里桂的艺名。说老槟城的闽南传统戏曲，战后五六十年代的那段记忆，肯定是少不了月里桂的。"可以想见，出身凤凰班的月里桂所承传的是台湾歌仔戏的传统唱法。台湾歌仔戏在槟城华人社群所造成的另一次高潮却是一九八〇年代中期以后，拜电视与录影带所赐，歌仔戏红星杨丽花、叶青及唐美云等先后率团到槟城的大会堂演出。到了一九九〇年代，来自福建漳州、厦门一带的芗剧，渐渐与歌仔戏结合，为槟城华人带来另一番新的体验。

显然，超过半个世纪以来，闽南戏曲在槟城华人社会的递嬗与流变，其实与整个外在的政治与文化环境变迁是密不可分的。以槟城华人对闽南戏曲的领受而言，不论是鹭江调、歌仔戏、福建班或芗剧，甚至陈同同个人的弹唱艺曲，也不论是从福建或从台湾播迁槟城，其中所牵扯的是闽南社群藕断丝连，却又生生不息的文化记忆。这些文化记忆超越政治时空，把不同世代与不同地区的闽南人联系在一起，而离散所累积的象征性资本，也对闽南戏曲的传承与流变，为我们提供了更宽广的新的视角，带给我们全然不同的认知与体会。

从这个角度来看，杜忠全的《老槟城的娱乐风华》显然非仅关乎旧日槟城的吃、喝、玩、乐而已，跟他的其他书写老槟城的计划一样，这本书伤悼一个时代的过去，而在伤悼，在拼贴槟城华人的集体记忆之余，他在书中所部署的记忆政治一方面为老槟城寻找另一种与华人离散经验有关的历史身份，另一方面也间接挑战了过去二三十年来新的国族论述意图泯除华人历史记忆所设定的政治议程。

不过对我个人而言，《老槟城的娱乐风华》这本书就仿如杜忠全在《潜回乔治市老屋》（见《我的老槟城》）一文中所描述的螺旋木梯，引领我回去寻觅那“被遗弃在荒芜里”的“一幕幕堪可回味的青春记忆”。再回头凝眸，灯光，莫非真的“只在青春的那一头亮着”？

二〇一三年七月四日于台北

六年功夫不寻常

——单德兴的《格理弗游记》译注本

近半个世纪前，在印度洋东岸、马来半岛北部一个小渔村唯一的小学里，我借到了一本叫《海外轩渠录》的书。我对书名不甚了了，虽然那时候已囫囵吞枣读完了《封神演义》《西游记》等若干说部，对《海外轩渠录》的内容却似懂非懂，记忆中只觉得文字颇不简单。要到十几年后，我才知道这本书是一位叫林纾的人翻译的，他的文字又属于所谓的桐城派古文，而原书作者绥夫特（Jonathan Swift）是十八世纪英国文学的扛鼎人物，书的原名为《格理弗游记》（*Gulliver's Travels*），乃英国小说的源头与奠基之作。

读中学时英国人的殖民余绪犹在，我的英文老师受的都是殖民教育，英文课选用的读本多少反映了这种殖民余绪，大部分的读本都是叙述大英帝国臣民海外冒险的小说，诸如与《格理弗游记》同时期的《鲁滨逊漂流记》（*Robinson Crusoe*），以及十九世纪末，正当帝国主义高峰时出版的《金银岛》（*Treasure Island*）、《所罗门王的宝藏》（*King Solomon's Mines*）等，都是我后来研究后殖民文学时才知道的所谓的田园形式或殖民的成功故事。就连课堂上读到的唯一传记竟然是《史怀哲传》。史怀哲当然不是英国人，他在非洲行医的事迹当然既动人又伟大，但这也是另一种形式的海外冒险的故事。可是不知何故，老师并未选用可能更为有趣的《格理弗游记》作为课堂上的读本。现在细想起来，也许因为绥夫特是英国文学史上有名的恨世者（*misanthrope*），《格理弗游记》书中不乏愤世嫉俗、动摇人心的章节，可能不适合十八岁以下的少年阅读。世有所谓"少不读《水浒》，老不读《三国》"的说法，不能说没有道理。

我不知道我的同代人中，有多少人是透过《海外轩渠录》初次接触《格理弗游记》的。《海外轩渠录》其实只译了《格理弗游记》的前两部，也就是众所熟知的大人国与小人国游记。我一直要到大学上英国文学史时，才有机会初窥绥夫特的其他作品和《格理弗游记》全貌，而真正略能体会此书的微言大义则已是上研究所以后的事。此时年岁略增，读书阅世稍多，重读《格理弗游记》顿时惊为奇书，是为讽世文学的顶峰巨作。我记得当时是配合着《镜花缘》做比较研究的。

既为讽世巨著，《格理弗游记》全书指涉或影射时人时事之处甚多，如果没有详细的注释与评语，一般读者恐怕不易一窥堂奥。这些年来中文世界虽然不乏《格理弗游记》的全译本，这些译本良窳不说，有些也有简单的注释，可是就原书复杂的出版史，以及书中的历史指涉与文学典故而言，这些简单的注释显然是不够或不尽责的。在"行政院国家科学委员会"经典译注计划支持下，单德兴费时六年完成的《格理弗游记》新的译注本无疑正可以补这方面的缺憾。

单德兴的译注本（台北：联经出版公司，二〇〇四）书长近七百页，其中译文、注释及参考书目即近四百八十页；单先生并为此译注本撰写了七万余言、长达一百五十页的《绪论》，对绥夫特的生平与其重要著作，《格理弗游记》的出版史、版本史、中译史，以及此书书名的中文翻译等，都做了相当详尽的考察与析论，其中尤以此书的出版史、版本史及中译史最见功力。此译注本不仅译文确实流畅可读，其注释两千余条，计共九万余字，超过译文字数的一半，对书中的历史指涉与用典详加考证与笺注。这些注释不少更是译者的评点与按语，对引领读者欣赏与了解本书细节帮助甚大。这里试举一例说明。此书第三部第二章叙述拉普塔岛（Laputa）人但知崇尚纯粹抽象的数学与音乐，而不擅于日常实务的情形，读来令人发噱。格理弗批评“他们的房子盖得很差劲，墙的角度不对，任何住屋都找不到一个直角；这种缺失来自他们对于实用几何的轻蔑”。单德兴在注释中特别指出，“绥夫特本人则重实用之学，不尚玄虚”，并谓此为“见识浅短，心思封闭，纸上谈兵，‘理论胜于实用’的后果”。诸如此类的按语往往有红花绿叶的功效，为阅读本书增添不少趣味与识见。

《格理弗游记》新译注本各章末了另撰有“译者附志”，总结单德兴本人对全章的阅读心得，这些心得当然旨在协助读者掌握全章要义，其中洞见更是处处可见译者胸臆。例如第三部第六章的“译者附志”谓政治人物实为病患，“需要医生辨证下药。锯头换脑以解决党派之争，更是面对非常人的非常手段……。这些主张固然耸人听闻，却为厌烦政治人物、政党之争的人出了一口气”。小说家言固然烛照古今，此时此地译者画龙点睛的覆按更是令人莞尔。在全书的注释与“译者附志”中类似的评语随处可见，有心的读者不妨仔细玩味。

单德兴在《绪论》中批评《格理弗游记》的中文旧译多“未能充分提供相关的典故出处及文化、历史脉络，让读者除了理解表层的意思之外，有机会一窥可能蕴藏其中的特定讯息，探索作者的用心、艺术手腕与再现策略，浅尝当时读者‘对号入座’的乐趣，甚至以类似眼光来观察自身所处的政治与社会环境，发掘其中的异同，进而对人生有更深一层的体悟”。这些批评中所隐含的自我期许，新的译注本都努力做到了。六年功夫的确不寻常，《格理弗游记》新的中文译注本毫无疑问是一部值得一读的学术性翻译。

二〇〇五年

知识与文采

——张错的《西洋文学术语手册》

一

张错以诗名，同时也是一位主要以研究诗为其学术专业的学者，他愿意花时间和精力去编写像这本《西洋文学术语手册》（台北：书林出版有限公司，二〇〇五）之类的工具书，着实令我感到相当意外。我戏称这是做功德的事。这本手册的《出版说明》说的是，在欧美这一类工具书可说不胜枚举，而且每隔一段时间，尤其是面对新的文学研究或教学需求的时候，就会有新的手册出现。文学研究有其传统或基础的一面，但像其他学术领域一样，也难免需要不时自我调整，吸纳新的成分。新的文学事实，新的批评观点，势必需要一套新的批评词汇，这一类手册之必须兼容并蓄，与时俱进自不在话下。可惜中文世界最缺乏的就是类似的工具书，幸好近年来已有一二种略可补缺，张错这本《西洋文学术语手册》无疑使这一类工具书更上层楼。

这本手册共收常见的西洋文学词汇一百一十个，各词汇按英文字母顺序排列。书前有《出版说明》，书末则有作者《后记》，并附有《参考书目》与《索引》，体例相当完备。各词汇后所建议之“延伸阅读”资料和书后所附之《参考书目》，可以提供有心进一步深入堂奥的读者按图索骥。相关的书籍可谓汗牛充栋，因此如何选书，如何做到恰到好处其实是个不小的挑战。

手册中所收一百一十个术语类别包罗万象，其中有修辞法，有文类，有文学运动，有断代观念，有批评方法或理论；既有传统的文学观念，也有晚近广为流行的批评语汇，重要的术语十之八九已在其中矣。至于这些术语的说明或阐释，短则两三段，长则四五页，一般都在一两页的长度，有的读起来就像一篇短文，知识与文采兼具。最重要的是，这些说明或阐释每每辅以例证分析，使抽象的观念能够落实于具体的文本实例，而不至于流于空泛而难以掌握。张错的举例广泛，这本手册虽说旨在处理西洋文学术语，但除了引述西方文学文本之外，也不时指涉中国文学作品，读来相当亲切，其亲和力使之有别于一般以英文撰写或中译的文学术语手册。这正是这本手册的长处之一。

这本手册的另一个好处在于交叉对照方面。这些交叉对照的地方都以粗黑体标明，像在“巴洛克”（Baroque）这个条目下，对照的语汇就包括了“文艺复兴”（Renaissance）、“怪诞”（grotesque）、“巧喻”（conceit）及“吊诡”（paradox）等。用心的读者可以很方便透过这些对照的语汇，借比较和参照加深对相关术语和观念的了解。不要小看这些举手之劳，对读者的帮助可是不小。

这本手册的可读性尤其值得推崇。坊间有些翻译的术语手册，译者或对语言掌握不足，或对若干观念一知半解，其译文不时有蒙混之嫌，读来不知所云。我抽读这本手册相当部分的条目，发现文字流畅易读，观念清晰而不难理解；当书写充斥着翻译体，论说流于口齿不清的时候，流畅清晰反而是个美德。这是本手册易于亲近的另一个原因。

张错以一人之力完成这样一本手册诚非易事。我身边偶尔翻阅的类似书籍是威廉士（Raymond Williams）的《关键词：文化与社会的词汇》（*Keywords*：*A Vocabulary of Culture and Society*）和蓝屈贾（Frank Lentricchia）与麦劳林（Thomas McLaughlin）合编的《文学研究的批评术语》（*Critical Terms for Literary Study*）。威廉士以二十余年的时间独力完成其《关键词》，为其文化唯物主义（cultural materialism）提供了详尽而有系统的诠释；蓝屈贾和麦劳林的书则是集众人之力，以一人一文的方式，阐释晚近批评论述中常见的二十二个观念。这两本书都是批判立场旗帜鲜明的著作，不论体例、观照、功能都与张错的手册不同。张错的手册不在强调特定的批评立场，因此适合一般读者和人文学科的师生使用。这本书确实称得上是一把有用的钥匙，可以帮助我们打开文学研究的殿堂。

二〇〇五年十二月十二日

二

张错的《西洋文学术语手册》初刊于二〇〇五年，出版后我选读其中的若干条目，发现这些条目的解释不但观念清晰，而且文字通畅易读，鲜少艰涩难解之处。我读后还特地为文在《文讯》杂志（二四三期，二〇〇六年一月）上评介这本手册。匆匆几年过去，书林书店日前推出这本手册的第二版。张错为这本新版手册添加了三十二个条目，重写《模拟说》一条，又为《新批评》一条撰写续篇，初版有一百一十条，第二版已增加到一百四十一条，是一部近四百页的厚重的书。新增的条目不乏近一二十年来广被西方文学界使用的术语，再加上若干初版中未加入的传统文论或修辞学的用语，第二版的《西洋文学术语手册》显然要比初版更为完备，这也说明了这是一部与时俱进、不会落伍的书。

我仔细检视了这些新增的术语，发现其体例与其他原先的条目相当一致。就像我在评介这部手册的初版时所指出的，这些术语的说明或阐释可说知识与文采兼具。“最重要的是，这些说明或阐释每每辅以例证分析，使抽象的观念能够落实于具体的文本实例，而不至于流于空泛而难以掌握。”读这些术语的说明或阐释，我自己受益最多的是张错的举例。以“门槛边缘、阈域”（liminality）一条为例，张错固然从人类学的生命礼仪（rites of passage）追索这个术语的可能起源，同时也谈到中国古代的笄冠之礼（其实现在台湾某些地方还保有类似的成年礼）。落实到文学实例，他更从乔叟的《坎特伯里故事集》，谈到莎士比亚的《李尔王》和屈原的《离骚》（《离骚》也是流放文学与离散文学很好的例子），让我们对这个颇为抽象而幽晦的术语心领神会。“魔幻写实主义”一条除追踪这个文学用语的来龙去脉外，张错的举例还包括了阿根廷、哥伦比亚、德国、墨西哥等国广为世人熟知的作家。

在新增的术语中还有若干重要的文化观念，例如班雅明所提出的“灵韵”（aura）和巴赫汀的“嘉年华会”（carnival）。“灵韵”一条就像是一篇析论文字，张错从班雅明谈到阿多诺，将这个观念的形成与发展——特别是班雅明与阿多诺之争——做了相当清楚的交代。“嘉年华会”一条虽短，却也以不少著名的文学例证，说明巴赫汀如何“视嘉年华会为一种反抗主流文化的叙述手法”。

第二版手册新增的术语中还包括眼前当红的几个批评方法或流派，如“生态批评”“同志（同性恋者）批评”及“酷儿理论”等。这些条目的说明大致都以其历史发展始，而以勾勒其重要关怀与观念为主，同时还简述了相关批评家之重要理论。难得的是，张错的举例中还不乏台湾本土的文学或学术现象，如“生态批评”一条提到台湾文学与环境学会的成立，以及淡江大学英文系的国际生态论述会议等。他特别谈到琉球大学教授与小说家山里胜己对美国诗人史耐德（Gary Snyder）的研究；我还可以补充一个台湾的例子，那就是蔡振兴以生态批评的理论对史耐德诗作的诠释。另外，在“同志（同性恋者）批评”和“酷儿理论”这两个条目中，张错对这些理论的出现与社会结构的关系都有扼要的说明。如果把这些条目与“性别研究”“女性主义”及“女性主义批评”等条目结合来看，我们对性别与性倾向的相关理论就有了比较全面的了解。在“酷儿理论”一条中，张错的举例从梅兰芳到张国荣到苏打绿等众多大家所熟知的演艺界人士，他认为他们“都是有意颠覆性别，刺激性别多元操演”的最好例子。

张错还为第二版的《西洋文学术语手册》写了一篇《新版后语》，除了说明增加条目与补充少数条目内容的原因外，还节译了他在台湾政治大学西语系（现在英文系）的恩师钮李琳的一封英文信，以见证“上一辈老师的风范”。亏得有这位老师的鼓励，我们今天才有机会读到张错的《西洋文学术语手册》。钮李琳教授当年播下的种子，数十年后终于开花结果。

二〇一二年一月三日于台北

历史沧桑

——张错的《山居地图》

在创作上，张错以诗名，诗龄在半个世纪以上，诗集即达十九种，我有缘拜读其中绝大部分。相形之下，张错的散文我倒所读不多。《山居地图》是张错新近由书林出版的一本诗与散文合集，从张错的代序中我才知道，原来这本诗文集是他二〇〇一年的诗集《流浪地图》和散文集《山居札记》的合集重刊。事隔十余年，张错视这本合集“如浴火凤凰再世重生”。

《山居地图》收诗三十首。像我读过的诸多张错的诗一样，这些诗多富历史意识。特别是某些记游之作，写景叙事充塞着饱满的历史感，如《赤崁感怀》《珍珠港缅怀》《登古城楼》《龙嵩街之歌》等皆是。其他如读《东莱博议》《西京杂记》《洛阳伽蓝记》等古籍之作，也多在借古抒情。甚至在与南洋有关的两组诗中，也不无借历史抒怀之意。《南洋诗抄》中第一首《访三宝井逢雨有感》就以诸多的假设抒写历史的反讽：

> 倘若不赴锡兰
> 倘若不绕印度趋阿剌伯
> 倘若就在满剌加据山开井
> ……

倘若不再等候南风转顺掉棹回洋
倘若大伯公宣赐后转念留守殖民
倘若，倘若，唉！
微风细雨里的许多历史
皆在无数倘若与叹息间完成。

只要这众多“倘若”中的任何一个成为事实，历史恐将改写，千万人的命运或将改弦更张。历史如此，个人的生命也是如此。这些“倘若”所寄托的喟叹当然隐含诗人对历史现实的不满与批判，而张错的历史感往往又指涉当下的政治与文化窘境——特别是离散华人的命运。

这种情形也见于《山居地图》中的若干散文。在书中所收五十二篇散文中，谈文与写人者占大多数，而其中不少又漫涣着历史沧桑之感。《哲者与诗人》透过思想家汉娜·鄂兰（Hannah Arendt）与诗人奥登（W. H. Auden）之间的关系感叹时空错置如何弄人。张错这样叹道：“不止奥登与鄂兰如此，世间许多人事，又何尝不如此，我们往往悲哀于退却的一方无法应命花好月圆；但一方面也同感到自己能补救或做到的实在太少，也就只能让其花开花落，月圆月缺。这种宿命感叹，古今中外皆然。”

《山居地图》中有两篇散文涉及张爱玲的后事，不仅张迷，一般读者也应该一读。《张爱玲与荒凉》写作者与林式同、高全之等人遵张爱玲之遗嘱，将其骨灰撒在加州“离岸三海里外的大海里”的经过。全文旨在为三人之决定作辩解，除此之外，张错对张爱玲的遗嘱却另有文学上的诠释：“其实我在遗嘱演绎里，看到的是一个独立坚强女性的最后宣言，不是世界不要她，而是她不要这世界。”这样的诠释倒是恰如其分地为我们描述了张爱玲最后的身影。

《如水一般华丽自然》可视为《张爱玲与荒凉》的续篇，除重申将张爱玲骨灰海葬之理由外，文中录有张错为这次葬礼所写的祭文。祭文提到：“因为加州法例不准撒在陆地，我们选择申请离陆地三海里外的宁静海洋。魂归故国，兹后你乘波驾返，朝东朝西，均是最短距离。”所谓“魂归故国”，背后所暗示的容或正是许多离散者的最后祈愿。这样的命运，用张错在《山居地图》诗部分《后记》的话说，犹如“浪潮般起伏激荡，一边是离乡漂泊的越荡越远，另一边却是怀乡渴切的回旋拍岸”。

《山居地图》中历史沧桑之叹泰半正是源于这样的离散宿命。

二〇一四年三月十四日于台北

伤悼

——辛金顺的《注音》

一

动笔写这篇文字时，以色列与巴勒斯坦之间又发生军事冲突。从二〇一二年十一月十四日至十一月二十一日，大约一周时间，以色列对迦萨走廊发动了不下于一千五百架次的空中攻击，巴勒斯坦的哈马斯组织则对以色列发射了四百多枚火箭与短程飞弹。这一次以巴冲突至少造成一百六十余位巴勒斯坦人死亡，而以色列死亡者则仅五人。

六十多年来，以巴之间的仇恨越结越深，至今无解。我提到这段战争插曲，主要想借以谈谈辛金顺的反战诗。《注音》（台北：酿出版，二〇一三）这本诗集收有辛金顺的反战诗五首，这五首诗之前即曾收入诗集《记忆书册》（二〇一〇）。在这五首诗中，三首写伊拉克战争，一首写巴勒斯坦，另一首则与车臣战争有关。辛金顺的反战诗富于叙事性，且多半受新闻事件启发。《塔嘉卡独白》一诗所叙即是芳龄二十的巴勒斯坦少女塔嘉卡（Andaleeb Taqatqa）在家园为以军所毁、父兄为以军所捕之后，于二〇〇二年四月十二日以自杀炸弹攻击耶路撒冷市场的事件。这首诗间接写战争的暴虐，一个少女平凡卑微的梦想就因残酷的战争而告粉碎。因战火而沦为一无所有之后，塔嘉卡只能：

在废墟里逃亡，在泪水中
把灾难和仇恨
养大成一颗炸弹，然后
用身体
向战争的历史
狠狠引爆……

这几句引诗也具体而微点出了“灾难和仇恨”其实才是恐怖主义的根源，并不是任何宗教教义。这是以美国为首的西方世界始终不肯也不敢面对的事实。

另一首《反美学》则是以伊拉克战争为背景，描述美军在伊拉克所进行的一场后现代战争。在电玩游戏中长大的新一代美国士兵将战争任天堂化，于是我们看到：

杀戮战场上几十万难民张口的嘴，却
没有声音，只有一切唯美的瞄准，射击
不断的射击，让子弹疯狂呐喊

从美军的角度看，这场战事仿如虚拟游戏，在游戏结束时，“没有流血，没有死亡，没有苦难/世界如此快乐、美好和安详”。《反美学》一诗以戏谑的手法刻画伊拉克战争的虚拟情境，可以为波西亚（Jean Baudrillard）在《波斯湾战争并未发生》（*The Gulf War Did Not Take Place*）一书中所痛陈的后现代战争作注解。尤其透过各种媒体中介之后，波西亚认为，我们实际上看到的是战争的拟像（simulacra），而非战争本身，因为在媒体的催眠操弄之下，战争的指涉已经被消解，随后在符号系统中复活，我们眼见的是符号的繁衍、复制、散布及消费。周蕾（Rey Chow）后来在《世界标靶的时代：战争、理论与比较研究中的自我指涉》（*The Age of the World Target*：*Self-Referentiality in War, Theory, and Comparative Work*）一书中一语道破这种虚拟的非真实性：

> 一旦战争真的爆发，全面虚拟化的日常生活意味着打仗再也少不了电玩密技，一九九一年与二〇〇三年的两次波斯湾战争即为明证。空袭伊拉克期间，具有虚拟世界的优势与否就将世界分成上下两半。上方的空战，由青少年时期就常在家打电玩的美国大兵在电子荧幕前操作攻略；而下方的战争，仍与身体、黑手劳动及从天而降的意外之灾密不可分。对美国男女参战人员而言，菁英主义与全景视境的逞强好战，跟远端遥控和瞬间摧毁他者的行动是密不可分的；对伊拉克男男女女与儿童而言，生命则愈来愈岌岌可危（正如一九五〇年代与一九六〇年代的韩国与越南平民），微不足道，意味着随时面临彻底毁灭的威胁。（据陈衍秀的译文稍加修饰）

周蕾不仅指出美式虚拟战争恃强凌弱的一面，在美军强大而不受节制的武力之下，弱势者的生命毫无保障；同时还提醒世人美国如何一再介入亚洲的战争。辛金顺在《反美学》一诗结束时也同样告诉我们，美国的战争如何像电动游戏那样，周而复始地发生在亚洲许多国家的土地上：

（游戏存档，游戏重来，并请输入：
越南、朝鲜、阿富汗、伊拉克、伊朗……）

辛金顺这些反战诗其实也是悼亡诗——为卑微的生命伤悼。这些生命没有纪念碑，没有哀悼辞，没有人会诵念他们的名字。伤悼是对这些苦难生命的认同。

二

读白居易《与元九书》，我们除了对乐天“常痛诗道崩坏，忽忽愤发，或废食辍寝，不量才力，欲扶起之”的壮怀大志动容之外，多半还会注意到乐天所揭橥的文学信念：“文章合为时而著，歌诗合为事而作”。辛金顺上述的反战诗，在精神上与乐天的理念倒是若合符节的。诗集《注音》中大部分的诗其实都可作如是观。

例如卷首诗的《注音》。这首诗的说话人夹在注音符号与汉语拼音——还有繁体字与简体字——之间，感叹自己的“一生，都在别人的语言里”，找不到自己的身份：

因此ㄨㄛˇ是我吗？或是 WO³，国语和
普通话，在牙齿与牙齿彼此撞击的震颤
之间，我会从你的身影中走出来吗？

这首诗论证语言与身份认同的关系，摆在马来西亚华社的脉络里别具意义。华社的普遍认知当然与诗中说话人者不尽相同，唯视语言为身份认同的重要指涉则不分轩轾。辛金顺曾经在诗集《说话》的序言《在注音符号与汉语拼音之间》中叙述他如何游移在中文这两种语音系统之间。在留学台湾期间，他“隐匿于繁体中文的书写中，想象着文字背后的象征，一种救赎的灵光；甚至想象着自己诗笔下的每一笔画，都能勾画出天地的大气，山岛竦峙，洪波涌起，日月其中，百神随行”。这一段话当然赋予繁体中文浓烈的神话色彩，仓颉造字，鬼哭神嚎，此其谓也。不过寒暑假时一旦回到马来半岛，电脑键盘上的整个符号系统完全“退回到拼音符号的世界，‘故我’也被召唤出来，在 shī 和 shǐ 之间，或在 sī 与 sì 之间，重新复习一种降灵术，并让‘诗’和‘史’回到它们原来的秩序，也让‘思’与‘寺’在记忆重组中，找到了属于梦的归属”。因此，辛金顺深刻体会到，“云山漠漠，繁华如梦，故乡与他乡，亦在拼音与注音符号的转换中，成为彼此互相错置的梦境”。

以上的引文可以用来注释《注音》一诗的重要关怀。从注音符号与汉语拼音的夹缝中挣扎走出来之后，说话人坚持“说自己要说的话”：

> 我的舌头静静学会喑哑，听母性的语言从
> 菜市场回来，沾满尘垢的音调，脱掉**ㄓㄔㄕㄖ**
> **ㄗㄘㄙ**，以干爽的音节，说起青春的亮光

说话人这里所说的“母性的语言”，正是《母语》一诗开头所说的：

母亲常常弯腰，跪成
驼背的阴影
喂养我躲在子宫里的
语言

对说话人而言，不论注音符号或是汉语拼音所拼出来的中文都是经过中介的语言，终究还不是母亲在怀胎期即喂养的语言。辛金顺对语言的问题似乎特别敏感，不止一次以诗文抒写他的语言经验，在散文集《月光照不回的路》（二〇〇八）中，卷首长文《破碎的话语》就是叙述他人生不同阶段所体验的语言现象，语多省思；另外，诗集《说话》（二〇一一）中的组诗《说话》也以略带嬉戏的语调赋予他的语言经验文化与政治意义。这些诗文都可以印证他在《注音》与《母语》二诗中所要抒发的胸臆。

辛金顺对语言用心至深，不仅语言在特定的时空脉络下肩负着不同的政治与文化意义，语言更是诗的根本。读诗，毋宁最先经验的是语言的物质性（音、形、韵、节奏，等等），并非直指语言的意义，诗的语言因此必须摆脱日常实用语言的因循与陈腐。辛金顺在《诗的隐喻》（见《月光照不回的路》）中说："诗无技艺一直是我的理想，让它挣脱作者意识面的设计与操纵；让它跨出批评者的眼线与视域，让它神出神入自由自在。"这样的境界已经近乎《庄子·外物篇》所说的"得意而忘言"，语言存而不论，在出入之间不必役于意义或意识，诗人无异于成为语言的祭师，就像《诗说》组诗第一首《在诗人节写诗，会想到什么?》所描述的：

我的文字即将出发，众灵前引，虫蚁
回避，旌旗猎猎高颂大风的歌曲
为雨，为电
为长征万里的泥路而尘扬
满面，让字句为兵为将，围我
成一座新城，在纸面缓缓
升起

说话人显然将写诗比拟为一场出征前的祭仪，为文字壮行。他要众灵开路，蚁兽回避，旌旗飘扬，他将文字撒豆成兵，号令文字，即将万里长征。写诗成为攻城略地，迈向未知。

三

《注音》辑三中有一组诗，包括了《后山碑记》《云林市镇诗图志》《台南碑记》《金门三品》《祭典——记民雄乡大士爷庙庆诞》及《阅读北京七首》，也许可以称为地志诗。其实辛金顺另有《吉兰丹州图志》组诗六首，有序有跋，写他的故乡吉兰丹的乡镇风土与历史，不过并未纳入这本诗集里。上述各诗——《祭典——记民雄乡大士爷庙庆诞》外——已分别收入《诗图志》（二〇〇九）、《记忆书册》及《说话》等诗集中。

这些地志诗精彩的主要涉及辛金顺较熟悉的台湾云嘉南一带。这些诗怀旧的色彩浓厚，像《祭典——记民雄乡大士爷庙庆诞》一诗，除最后一节外，对准祭典者少，大部分的诗行都在缅怀小镇旧日的人事，我们读到的尽是寂寥、昏老与苍茫：

所有熟悉的跫音都在叙旧，满街的
风声，把往事说成家常，在小
镇多雨的海口，犁过万顷的梦，化成
百年历史的烟火，在庙前守着
故事和传说，和火车辗过的悲欢离合

不过这一组诗最值得注意的应该是辛金顺深沉的历史感或历史意识。我们试举一百二十四行的长诗《台南碑记》为例。这首诗展现了辛金顺以诗证史的雄心，序诗即破题表示："历史坐在逐渐风化的记忆顶上/以老花眼睛阅读一座古城的故事"。诗的第一部分以相当浓缩的叙事回顾台南三百年的历史，辛金顺借一位长者祖太的记忆，回首台南——乃至于台湾——坎坷的过去，从"原住民"的耕猎生活，到荷兰人夹其坚船利炮东来，到明郑收归中国，到纳入清朝版图，到甲午之战后日本的殖民统治，历史像跑马灯那样，在眼前飞跃闪过：

福尔摩沙(编按：原文如此)摊开成麋鹿奔跃的草原，在
荷兰人的军舰来临之前
历史被包裹在一部自然的辞典
文字是树、山和清澈的溪泉
番刀出没在祖太小小的想象之间
传说在四季里流浪，并躲闪
殖民的语言，从罗马拼音、北京话到
日语，祖太坚持用最母亲的语言
测量自己民族的灵魂和尊严

有趣的是，辛金顺在这节诗里还特别提到他在若干诗中一再召唤的“母亲的语言”——这是“测量自己民族的灵魂和尊严”。如果读者知道辛金顺所置身的马来西亚华社过去数十年来始终为“母亲的语言”与统治阶级抗争不已，这些诗句可能引发新的联想。诗的第一部分最后以一九一五年夏天的西来庵抗日事件（又称“噍吧哖事件”）终结，翻过台南“一页带血的史诗”。

诗的第二部分则继续将时间向前推移，其历史叙事的重点摆在日据时期到太平洋战争结束后台湾“光复”。值得注意的是，辛金顺再次将语言视为权力的象征，语言的转变也意味着政治的更替：

昭和十五年，父亲龟着身子把自己
缩入五十音的甲壳，牙牙学语的舌尖
顶住姓氏，在拗音的转口
计划一次伟大的逃亡

昭和十五年为公元一九四〇年。其实自一九三七年开始，日本殖民政权就对台湾百姓推行皇民化运动，广设“国语讲习所”，鼓励习日语，改日名，易习俗，要将台湾彻底去汉化。过了几年，也就是民国三十四年（一九四五年），日本战败，无条件投降，结束其对台湾五十年的殖民统治，因此才有：

……在火车站口送走了一批批殖民者的鞋
母语也脱掉了和服，重新

找到，父亲自己最深沉的喉结

台湾“光复”，中华民国自日本殖民政府手中接收台湾，皇民化运动结束，台湾重新再汉化。只是没过几年，国民政府自内战中溃走台湾，接着是一段白色恐怖的岁月。这些接二连三的历史事件都一一缩写在以下的诗行里：

一张地图重新被注音，从中山路转进
中正路，父亲迷失在中国城的
烟雾里，白色迷蒙的恐怖，穿过
无数重叠的暗夜，狠狠地
把沉睡的梦敲醒……

到了诗的第三部分，整个叙事急转直下，古城似乎一夕之间脱胎换骨，一头卷入资讯与网路的历史漩涡中，迷失在后现代的虚拟世界里。府城的历史生命只能在全球资本主义与消费社会“巨大的阴影中喘息”。我们看到的是一场精神灾难。在万般无奈与失落之余，诗中的说话人只好借由网路，把我们带回到已经失去的天真无邪的黄金时代，汉人移民还没到来，殖民者的军舰铁骑也尚未造访，那是青山绿水的童骙时代：

我循着游标继续探问，远方
三百年前的一只麋鹿，还记不记得
岛屿的山青水绿，以及原住民
最原始的一支山歌？

《台南碑记》一诗最大的讽喻在于诗结束时的批判：学院如何将生命自历史中抽离，让历史沦为干瘪而毫无感情的论文注解，或者课堂上消耗时间的教学活动：

脱落的文字已逃进学者的注解，想象
被学院压缩在薄薄的光碟上
三百年成了十六节课，把新新人类的
耳朵，拉成垂垂欲睡的梦所

不过，在批判之余，说话人并未心灰意冷，他洞察历史有其生命力，不会甘于扮演冰冷的教科书或学术论文的素材。历史会找到出路，启发后人，其生命就像“每块碑石都依旧活着”，苦待“一盏重新照亮魂魄的灯火”。

显然，辛金顺的野心并不限于抒写台南，他笔下的台南碑石其实也是台湾碑石，离开其脉络之后，甚至于是世界各地原住民社会的碑石，或者第三世界众多被殖民社会的碑石。《台南碑记》一诗一气呵成，意象前呼后应，是一首气势宏大，且具有历史纵深的诗史，台湾本土诗人能出其右者也未必多见。

四

《注音》收辛金顺新旧诗作八十余首，允为诗人截至目前诗的精选集。本文所论只是诗集中极少数几首，以管窥豹，所见虽非全貌，但从这几首诗也大致可以看出辛金顺的诗的世界。辛金顺曾在散文《梦痕书》（见《月光照不回的路》）中借诗词与书法表达他对文字的敬畏，同时说明他如何从这些文字活动中获得精神上的慰藉。书法——以及以书法行之的诗词——有时候竟成为伤悼的仪式：

> 有时候，醒得早，天微亮，刚好可以沾着窗外的露水，把干涩的毫笔润湿，天地的精神，也就全凝聚在饱满的毫颠。这时，适巧可把昨夜坐在梦里写就的古诗古词，抄入宣纸。而一切哀悼的仪式也从这里开始。那些文字老灵魂的复归，在笔墨碰触着纸页的刹那，轻轻回响着文字的哀叹。遣悲怀——毫笔、石砚、墨水、古诗古词，竟成了文字游戏里自我悼亡的梦呓。

文字古老，写诗如祭祀，虔敬可以使文字常新。伤悼是重要的仪式。伤悼是因为珍惜，是因为悲伤，是为了留住记忆，为了拒绝遗忘。我从辛金顺反战的悼亡诗谈起，经他对失落语言的哀悼，到他面对历史碑石时的徘徊悼念，我发现伤悼竟是辛金顺写诗的重要祭仪。在一个语言、历史、生命日趋脆危（precarious）的时代，伤悼——或者以诗伤悼——显然并非没有积极的意义。也许这也可以回答辛金顺在《诗的隐喻》一文中一再追问的问题：写诗有什么意义？

二〇一三年一月四日深夜于台北

走动的树

——黄远雄的诗

一

前一阵子有事透过脸书私讯黄远雄，当天夜里竟然有梦。——梦中我挥笔疾书，为黄远雄最新的诗集作序，只一晃眼功夫，序成。心想平日作文经常焚膏继晷，难得那么顺利。一时兴奋，竟醒了过来，才发觉原来是南柯一梦。这个梦不待向弗洛伊德求援，其实大有寓意。黄远雄写诗近半个世纪，不以多产取胜，精品反而居多，结集出版者至今虽仅得《致时间书》（一九九六）与《等待一棵无花果树》（二〇〇七）二种（一九八〇年出版的《左手人诗辑》为《人间诗刊》系列，仅有六页，不能视为诗集），但他以自己的风格独步诗坛，群而不党，知道如何自我安顿，是一位备受敬重的前行代马华诗人。要为这样一位诗人的诗集——何况是一部堪称诗人毕生精华的诗集——写序，哪有轻易一挥而就的道理？

黄远雄这本最新诗集以《诗在途中》（八打灵再也：有人出版社，二〇一四）为书名，并以副书名标志此为过去四十余年间（一九六七年至二〇一三年）诗创作的自选集，收诗九十九首，允为截至目前黄远雄诗创作精华之总汇。至于何以诗集收诗九十九首，而非完整的百首，其中分寸可能也有寓意，书名其实已经似有所指。《诗在途中》暗示此诗集并非诗人创作生涯的终站，只是漫漫长途中的部分重要收获，显然在抵达终站之前还有诸多风景可以观赏，还有许多未知尚待开发。或许这也算是一种“抵达之谜”，正如黄远雄在六十岁那年所写的《人在途中》一诗终篇时所作的自况：“我人还在/还在/行将抵达的旅途中”。“行将抵达”表示还未抵达，前方仍有路程，在抵达之前诗途显然尚有可为。这些诗句语言简洁、平淡而充满自信，不免让我想起美国诗人佛洛斯特（Robert Frost）在其名作《雪夜林畔》（“Stopping by Woods on a Snowy Evening”）诗末的自我期许：

> 这树林可爱、幽暗而深邃，
> 但我还要信守某些承诺，
> 还要赶好几里路才安睡，
> 还要赶好几里路才安睡。

黄远雄在诗集的后记《写诗》中也提到《人在途中》一诗，并直言“凡事都各有其因缘，且看日后的造化与变数”，可见诗人对未来的创作仍然有所期待。

就诗集整体而言，《写诗》一文相当重要。文分两大部分。第一部分所叙为黄远雄早年习诗的经过，其中涉及的文学记忆隐然可见一九六〇和一九七〇年代与马华现代诗有关的若干身影。黄远雄说：“想起年少写诗时，尚未摸清何谓现代派，何谓现实派，也就从未去理会有什么派别之分，纯粹只是逞一己之能。那时候写诗无人在旁指导，自己也只好瞎子摸象，暗中孤独摸索。”这话说得实在，很能反映当时许多初履诗坛者所面对的文学环境。黄远雄后来的发展之所以不同，主要在于他的坚持。他一向不求闻达，他的诗虽多能符合白居易在《与元九书》中所说的“歌诗合为事而作”的理念，但对他而言，写诗本身便是目的。

《写诗》的第二部分则在说明编选这本诗集的因缘与想法。黄远雄也透露了他的诗与其个人生命历程的密切关系：“这本诗选内的每一首诗，都是我个人较偏爱（虽然不一定是最满意）的作品。几乎每一首都贯穿了我一生的记忆，如同我的呼吸，都能让我回想到写诗时自己当时身在哪里，人在做什么，为何而写。”黄远雄的自剖正好点出了他的诗的自传层面，不过他的诗在个人记忆之外往往另有指涉，尤其指涉创作当时的政治、社会或文化氛围，所谓“个人的即政治的”，黄远雄这本诗选不乏这样的实例。

二

这个现象涉及黄远雄诗的叙事性。二〇〇七年黄远雄出版其诗集《等待一棵无花果树》，我为这本诗集写了两段评介文字，印在版权页之前，其中一段就特意强调其诗的叙事性特色。我把这段文字抄录如下，以便进一步申说：

> 黄远雄的诗叙事性强，我读到的几首，几无例外，都有这种特色。《风水》一诗最初将噩运归诸于“一棵充满敌意的树”，但诗中说话人显然并不信邪，“从此，我裸衣

> 而坐/敞开胸襟，坦荡荡/笑看浩劫从家门经过”。比较政治性的诗如《等待修路队伍》则期待正义像“一支修路队伍/轰然发动/庞大镇压的声量”，中间叙写的无不是政治上的种种险阻恶途。两首有关无花果树的诗也是以叙述诗中说话人与无花果树的机缘为主，道尽其犹豫、彷徨与最终的欢欣。最富嘲讽意味的《老树》一诗倒像是传记诗，写老树如何懂得委屈自保，如何“接受献议，深谙/谕令的禁忌/目击每一个黯然的过渡/站着/不动/且超然物外”。这样的诗批判性强，饶富政治寓意。简单地说，黄远雄最好的诗无不在叙事中透露胸中垒块。

这段文字所论仅及于当时黄远雄寄来的数首诗，又受限于规定字数，因此举例不多，无法畅论。我后来有机会细读诗集《等待一棵无花果树》，益发坚信自己的上述观察。

黄远雄早期的诗其实是以抒情取胜。其中有几首抒写亲情与爱情，读来令人动容，其他如写于一九七〇年代与一九八〇年代初的《一朵茉莉》《尘埃未了》《醒来时天涯依然》《独步》《窗室之内外》《手上的笔》等数首，不论自励或自抒情怀，莫不富于抒情性。试以《手上的笔》一诗为例。诗一开始诗中说话人就感叹创作之孤独与寂寞，“像锈了的铁栏杆/像被遗弃的时光/像笔尖上的墨渍”，因此说话人问：“执著的笔，还能恒持多久呢?”不过诗人显然依旧雄心不减，立志翱翔于天地之间，要以气吞山河之势，挥动如椽之笔：

> 我该在怎样的情况下
> 执笔，吮尽世间的怒漩巨卷

听听，大地还有脉搏的跃动
还有鹰翅的延伸
还有艳丽的狂飙
还有壮丽的河山

诗行里以一连串的“还有”向世人宣告，诗的题材是何等广泛多样，自然山川固然可以入诗，世间激情一样适宜成篇。黄远雄早年的诗常以鹰鸟意象自喻（如《尘埃未了》《醒来时天涯依然》等诗），这个意象又见于《手上的笔》一诗。“鱼入大海，鸟上青霄，不言屣网之羁绊也”，以鹰鸟自喻恐怕与黄远雄早年亟思挣脱的现实困境与生活桎梏有关。此之所以他不时以诗自我砥砺，如《歌》一诗里诗中说话人就有这样激昂的表白：

年轻时，叛逆的火焰
可以燃烧意志化成
一种傲然的钢
呵，我就是那阵狂飙
雪亮的刀
可以砍断我风尘的胳膊
割我霜露的头颅
惟不能断我的天涯路
不能拂冷我莽莽
的奔向

《手上的笔》一诗虽然也同样不乏激情，但是诗的结尾相当节制而收敛，说话人重新体认诗创作路上的孤独与寂寞。如上所述，这种体认早见于诗的开头部分，诗末重提自是另一番心境。这或许已是一种近乎超越知见的体悟，一种施友忠所说的“道器不分，体用一原”的“见山又是山”的二度和谐：

……我愿
为自己尝试
另辟一座窗框
孤独是必然的
我想，崎岖是必然的
不断出发亦是
必然的

这些例证足以说明黄远雄早年的诗确实重在抒情。本来诗主抒情，自古已然，这并不是什么特例。我之所以特意从这个角度检视黄远雄早期的诗，因为我发现，大约自一九八〇年代以后，他的诗的叙事成分明显大增，有些诗甚至充满戏剧效果，相形之下，抒情性退居边缘，在某些诗里甚至于完全退位。这样的转变也影响了往后黄远雄的诗的语言与修辞策略：他的语言趋于平淡与明朗，不难看出他在修辞上逐渐建立自信。这个阶段最能具现上述特色的当属写于一九八一年的《吾妻不谈政治》一诗。

《吾妻不谈政治》一诗表面看似简单，实则是一首相当复杂的诗。与上引诸诗不同的是，这首诗语言自然而生活化，由于不事镂刻，反而少了凿痕，可以说是黄远雄脱胎换骨之作。与诗题的明示相反的是，诗题只是故作姿态，表示“此地无银三百两”，其实这是一首畅论政治的诗，只不过诗中并未清楚指涉任何政治议题或政治事件。正因为如此，这首诗并不在表达诗人的特定政治理念或意识形态信仰。诗的政治并不等同于诗人的政治，其理自明，因此与诗人所持的政治立场或与其是否参与实际政治，乃至于是否介入现实世界中的社会、政治与文化斗争并无直接关系。借用洪希耶（Jacques Rancière）的说法，诗的政治只是暗示诗是以诗的姿态介入政治，非关诗人的政治主张或意识形态立场。不过诗也不是某种超历史的存在，诗是历史当下的产物，因此不免有其指涉性。

《吾妻不谈政治》一诗的基本结构是一场简单的夫妻对话。这场对话透露了夫妻对政治的不同体验，对政治的操作也就难免大相径庭。诗中说话人扮演了丈夫的角色，他看待政治的方式相当直接，一点也不拐弯抹角，因此他的论证在修辞上用的是明喻（simile），他以一连串排列整齐的声明（statements）指陈政治如何无所不在，如何界定我们的日常生活、人生活动及典章制度。

> 吾说：
> 教育是一种政治
> 宗教是一种政治
> 战争是一种政治
> 甚至写一绺文字，握手
> 寒暄、拥抱、呼吸
> 都是政治……

这一节诗既在界定政治，同时也在描述人世活动与政治牵扯万端、治丝益棼的关系——政治仿如天罗地网，罩在人的身上，生老病死，无不是政治，无不受制于政治，也无不在政治的纠葛中。

下一节写妻子的反应相当生动，原先铺设的情节整个儿完全逆转。丈夫那种斩钉截铁的宣示性语言因“吾妻不语”而遭到冷淡对待。这个“不语”未必表示无言，也很可能是欲语还休，暧昧却内容丰足。妻子在不语之余，随即祭出自己的拿手绝活来，对丈夫的声明做了一番演绎与解构：

当吾妻将葱花
掷下油锅
她说：
葱花是一排蓄发的地雷
螃蟹是列阵的坦克
煮炒是会议桌上喋喋不休的
风云
若只知纠缠不清
如何捧弄一道
美肴呢？

这一节诗无一语涉及政治，诗中所叙却是处处机锋，无不政治。跟说话人的修辞策略大异其趣的是，在这一节诗里，妻子多半仰赖隐喻（metaphor），也就是妻子所熟知的烹饪语言，既有食材佐料，也有烹调方法。在妻子的认知与经验里，政治就是厨艺，一如战事，不论在战场上冲锋陷阵，或在会议室里唇枪舌战，其目的无非要“却军于谈笑之际，折冲于樽俎之间”。所谓政治，不论煎炒煮炸炆炖焗烤蒸，显然必须干净利落，剑及履及，倘若抽刀断水，推拖拉扯，恐将无济于事，美肴也可能沦为败笔。

换句话说，在妻子看来，丈夫对政治的高谈阔论充其量只是夸夸其谈，虚无空洞，言不及义。政治不只是坐而言，还必须起而行。在这一节诗里，妻子其实是以其特有的隐喻践行《道德经》的古典明训："治大国若烹小鲜。"老子早就看出政治与烹饪之间的类比关系，因此希望治国者学习烹调之术；简单言之，政治重在实践，重在实践的方法。妻子言谈中的隐喻不仅为老子的智慧作注解，其隐喻其实也在批判男性浮夸而乏味的宣示性语言。这已涉及语言的性别问题，试将诗中夫妻俩的语言对比，其中分际一目了然。这个层面虽然此处无法深究，但是《吾妻不谈政治》显然是一首值得就此观点进一步探讨的诗。

黄远雄第一本诗集《致时间书》收入的诗不少完成于一九八〇年代，可是在《诗在途中》这本选集里，这个年代的诗只有寥寥几首，尽管其中多属精品。《夜访诺顿外记文字》写于一九八七年，也是一首叙事性强、深具政治意涵的诗。诗题中的"诺顿"明指艾略特（T. S. Eliot）的长诗《焚毁的诺顿》（"Burnt Norton"），或可视为黄远雄对这位一代诗宗的致敬。"焚毁的诺顿"是一处实际存在的庄园，位于距牛津不远的古老乡村聚落科茨沃尔德（the Cotswolds）。诗虽以此庄园为题，但艾略特的目的并不在写此庄园。这首诗初见于诗集《四个四重奏》（*Four Quartets*），数十年来各家对此诗之诠释可说众说纷纭，不过多半认为此诗具强烈之宗教色彩，诗中对时间颇多抽象思考，而诗人显然把重心放在当下，以为当下的时间才能显现神的恩典。

黄远雄的诗与此题旨无关，诺顿在其诗中已经另有寓意：这是一座废墟，毁于烈火，不过百废待举，余烬中仍存希望，只待有心人群策群力，庄园可以再现，花可以再开，鸟可以再来，因此黄远雄在诗末为焚毁后的诺顿留下微弱的无限生机：

有人来过，仍有人
络续前来，因为他们听见
有一株微弱的喟叹
来自熊熊的火芒
隐隐约约
他们相信
玫瑰在里边盛放，鸟声在里边
回响不绝，尚未通行的
甬道上
不息的灵魂在那儿匿藏

最末一行诗提到的“不息的灵魂”其实应有所指，这个用词早先曾经出现在诗的第三节中：

战火排山倒海
而来，文化在最前线
为不息的灵魂祭旗

回头看这几行诗，整首诗的政治指涉可说昭然若揭，甚至诺顿的象征意义也不难掌握。这些诗行的关键词是“文化”，诺顿原本是一座文化堡垒，不幸毁于战火，当然战火只是比喻。在这场战火中，文化首当其冲，“不息的灵魂”正是那些为捍卫文化而前仆后继、奋战不已的人。诗中所说的文化当然可以泛指一般文化，但在当代马来西亚的脉络里，也可以特指华人文化在政治上所遭遇的压制与边缘化。《夜访诺顿外记文字》写于一九八七年，正值马来西亚政治多事之秋。这一年由于巫统爆发党争，马哈迪政权风雨飘摇，岌岌可危；十月间政府又因派遣不谙华文者出任华文小学高职而引发华社抗争，马哈迪为化解其执政危机，急需替罪羔羊，因此政府在十月二十七日展开所谓茅草行动（Operasi Lalang），援引恶名昭彰的内部安全法大肆逮捕政党领袖、社运分子及华教人士，整个社会——尤其是华社——一时风声鹤唳，人人自危。以创作时间论，黄远雄这首诗很容易让我们联想到马哈迪威权统治下的白色恐怖，不过据黄远雄私讯告知（二〇一四年七月十四日），此诗写“在茅草行动之前，纯粹是一首名诗的读后感”。诗人如预言者，诗行间所酝酿的政治氛围竟在冥冥之中预告了行将登场的茅草行动，当权者师心自用，整个国家一时沦为诗中所说的“一座黑夜无边的/梦魇树林”。

三

自一九八〇年代以后，黄远雄的诗风大抵渐趋稳定、成熟，而且不拘一格，相当自由，诗的题材也随着他对世事体验日深而变得繁复多元。这期间他写下不少有关爱情、亲情及乡情的诗，诸如《梦说》《要去流浪的树》《一首止痒的诗》《一直》《父亲的拐杖》《镇压》《不带走一片云彩的外祖父》《返乡之旅》《火葬场，尽头》等。这些诗多环绕个人或家族的际遇，从中不难发现年岁日增的诗人在心境与思想上的变化。有些诗则在个人情感之外，同时触及外在世界的变迁，隐约透露了诗人的忧虑与批判，如写于二〇一二年的《返乡之旅》中有这么一节：

倒是钻油台，
这新贵，八爪鱼般
霸踞在海面，公然点火
戏诸侯；过去牛羊聚居
的草地
和收割季节的田陇
如今已是坐拥笑声
车群如妾的前院

这些诗行语带嘲讽，不仅写出今昔之别，缅怀已经失去的岁月与不复存在的乡土，同时也慨叹生产工具与生产模式的改变对土地风貌与社会经济环境所造成的冲击。这样的诗显然已经超越个人，而在不经意中寄托了诗人更大的胸臆与关怀。

这一类诗有的也深具历史感或人伦意识。写于二〇〇六年的《父亲的拐杖》尝试变造《山海经》里的夸父神话，想象父子之间的世代传承，诗中说话人一方面突出父辈所经历的流离与忧患，另一方面则预见自己未来势将复制上一代跋山涉水的命运："我夸父/不悔地披上父亲饱满忧患的背影/袭承他云游未了/的遗志"。

写于二〇一二年的《不带走一片云彩的外祖父》叙述阔别四十年的外祖父如何"星月兼程跑来探望我"的经过。不过全诗的重点却是今昔对比与城乡差异，诗中说话人对过去显然充满乡愁，一再以时空变化突出襄昔的美好丰盈："以前/穷乡僻壤，视野和想象可以/纸鸢般低吟高飞，不像现在/平坦，却寸步难行"。说话人在怀旧之余，对眼前的种种变化显得格格不入。只是在时光流逝、世事变动之中，说话人也体认到其中仍潜存着某些不变的元素，譬如亲情常在，家族血脉绵远流长：

好在祖辈
有留下一纸蓝缕筚路
的族谱坚守在源远流长
的关隘，堵住了 DNA
和基因的土石流，至少
流失的沙砾堆下，骨肉血脉仍
有迹可见

除此之外，黄远雄这个阶段的诗不乏对现实生活或外在世界的反应。这些诗有的借用奇喻（conceit），立意颇多巧思，读来引人入胜。二〇〇二年的《一起去流浪》以蚤类寄生一只癔狗之情节叙写两者如何学习和平共存，诗行间对这只癔狗之坚忍、豁达与淡定颇多赞扬。诗中说话人这样称颂这只癔狗：

以它疲弱的体质，溃烂
遍体扩散未愈合
的痈疽，饲养如此络绎于途的门客
体内依然畅流
永不言侮的斗志

诗中所说的“门客”即寄生癔狗身上的蚤类。黄远雄的野心当然不只在写一首寓言诗而已，这首诗以寓言的形式出之，语言并不艰涩，却又故作隐晦，舍弃直接对现实的明显指涉，反而为读者留下宽广的想象空间。说话人在诗的最后一节表示，“有所必要向猥琐的蚤类/学习如何共处一室”。这样的自我期许其实充满讽喻，似有所指，却又无意明指，而且负面的意义多于正面，所谓“共处一室”恐怕也是万般无奈的安排。摆在马来西亚的社会现实与日常生活脉络中，究竟要如何向“猥琐的蚤类”学习呢?

另一首带有寓言意味的诗是写于二〇〇八年的《稻草人与他的火葬礼》。诗中的说话人以稻草人的身份自白，喟叹“活着，每一天/都是受难日”。诗的寓意并不难解。秋收之后，稻草人完满达成赖以存在的使命，其剩余价值立即消失，在丰年火祭中不仅备受冷落，甚至惨遭凌迟与毁弃，因此在深感委屈之余，他高声抗议：“无视于我平日鞠躬尽瘁，仍落得/几乎身首异处/鄙弃在草堆上的感受”。诗所尝试戏剧化的无疑是过河拆桥的无情世事，所谓“飞鸟尽，良弓藏；狡兔死，走狗烹”，稻草人的批判意在言外，良有以也。黄远雄避开直写现实世界的人情冷暖，借寓言婉晦讽世，用心良苦。从《一起去流浪》与《稻草人与他的火葬礼》这两首诗不难看出，诗人最好的寓言诗多在借喻讽世，对人情义理洞若观火，烛照无遗。

《稻草人与他的火葬礼》最戏剧性的部分当在诗的第三节，黄远雄在这一节诗里玩性大发，突然让说话人话锋一转，故作大惑不解，企图一行一句地将谚语“压死骆驼的最后一根稻草”细加解构，目的在重新厘清语言背后物与物之间的偶然关系。

席间，我的近况
与飘忽的体重
与功绩
被刻意高估
冠以最后一束
压倒性的荣耀，莫名
与千里外，一头素昧平生
的骆驼，在荒腔走板
的沙漠
戏剧化勾扯上关系
虽然意见分歧
最终，还是无法幸免
在字里行间画押

这些诗行所叙其实具有陌生化的效应。透过陌生化的过程，原先理所当然的关系变得不再那么稳定，读者被迫思考：稻草和骆驼之间为什么会有必然关系？为什么压死骆驼的是这根稻草？为什么是骆驼，而非别的动物？稻草与骆驼各有自己的世界，原本风马牛不相及，双双“素昧平生”，毫无干系，结果竟“在荒腔走板/的沙漠”中扯上关系。这一节诗叙写世事的荒谬，原来是非曲直未必操之在我。对稻草人而言，这句谚语岂仅荒诞不经，言不成理，其中甚至潜藏着多少无法言状的冤屈与无助，这与上一节诗里稻草人所蒙受的无情待遇并无二致。就所叙内容而言，这两节诗看似各有关怀，细究不难发现，实则前后互相呼应，都是在悲谴世事的荒诞无稽，一旦身陷类似的非理性当中，只能徒呼奈何。只不过伤心人别有怀抱，这种“遣悲怀”式的哀叹不知可有现实指涉？

以上的追问虽非必要，只要熟读黄远雄的诗，这样的追问却也并非无的放矢。黄远雄的诗隐晦不在语言，尤其中年以后，他大部分的诗在语言上已能大开大阖，收放自如，若干叙事性强的诗，叙事铺陈往往峰回路转，语多警世，并隐含政治或社会批评。譬如写于二〇〇八年的《今天开始》一诗，诗题寄托希望，教人引领期待，诗收尾时却一片警语，诗中说话人自言自语，要“上紧忧患的发条”，留心门户，注意日常生活细节，以免因疏忽而遭殃受害。原来这竟是一首批判治安败坏、盗匪横行、百姓受苦的诗。近年来马来西亚治安日劣，当权者因循无能，束手无策，但知文饰，黄远雄这首诗批判力强，直指问题核心，毫不含糊，读来令人心领神会。

类似的例子在诗集《等待一棵无花果树》出版之后几乎成为常态，诸如《社区警卫》《不得不回来》《伤害》《恐惧》《土拨鼠》《家务事》《焦躁者和他的假想敌》《两张并排的单人床》等诗，顺手拈来，俯拾皆是。这些诗多饶富批判性，有些明示，有些暗指，对略知马来西亚近年来的政治或社会现状的人而言，其针对性不言而喻。《土拨鼠》一诗第二节有诗句云：“犹如放任成群目无法纪的/暴龙过境，恣意践踏/沿途散布残存的建材、沙砾”，或可描述这些诗所刻意铺陈的政治或社会情境。又如《恐惧》一诗第二节借神荼与郁垒两兄弟的神话，表达正邪易位、是非颠倒之无奈；因此诗中说话人有“削去印绶，解雇平日倚重/其实早已哆嗦的/荼垒”的感叹。擅于抓鬼驱邪的神荼与郁垒一去，魑魅魍魉横行，剩下的就是“涎皮赖脸/人多势众的暴戾与肆虐”。所谓“陟罚臧否，在其一言”，这样的笔法字斟句酌，很难教人相信这是空穴来风，无病呻吟。

这里再举《家务事》一诗为例。诗以家庭琐事为障，实则意有所指，其目标对准的却是国家大事。诗将“孤独”与“寂寞”二者拟人化，以之扮演家中佣人的角色。诗叙女主人外出，行前多方嘱咐，要诗中说话人所饰的男主人在她返家前处理若干日常家务，诸如：

每一扇落地窗帘
都必须换上新装
要拭净室内每片常青树
稚气的脸庞；要按时
喂饱饿了好多天
的洗衣机

只是“孤独”与“寂寞”皆习于敷衍塞责，懒散成性，眼看任务可能无法达成。这一节诗所列举的家务事多属例常工作，只要稍稍认真负责，没有无法完成的道理。可悲而又可议的是，“孤独”与“寂寞”耽于玩乐，专事吹拍，却无心于自己分内的事。黄远雄这种寓言式的写法，其志显然不只限于叙写家事。诗人虽然可以无须明说，读者却不能不深加意会，弦外之音，令人莞尔。

到了诗的最后一节，整首诗的题旨可说宣露无遗：

可能会有一轮
催泪弹式的烟硝过境

可能只是一阵净盟式
蜻蜓点水的静坐
阴霾，会很快地过去
都会很快地过去
这数十年来我
就是
这般耍赖地混过来的

这一节诗第三行提到的净盟成立于二〇〇六年底，为马来西亚的非政府组织干净与公平选举联盟的简称（或称 Bersih 2.0）。净盟成立之后曾经数次举行和平集会，呼吁政府改革选举制度，要求重划选区，改善选务机构，革新选举机制，以实现干净公平的选举。只是多年来当权者蛮横不为所动，甚至不时将和平抗议者拘捕下狱。就此而言，这个指涉使整首诗的格局明显扩大，再也无法故作无辜，诗人心系的更不可能只局限于家庭琐事。说话人对疏忽任务、荒废工作毫不在意，一心只想掩饰遮盖，或者以为只要稍稍应付，批评与抗议都会过去，最后船过水无痕，日子照过。这一节诗里有两行诗近乎重复："会很快地过去/都会很快地过去"。博赫斯（Jorge Luis Borges）曾在《诗艺》（*The Craft of Verse*）中谈到我上引的佛洛斯特的《雪夜林畔》一诗，他认为最后两行诗句虽属重复，含意却大不相同：第一句是空间的，指实际的空间里程；第二句则是时间的，指隐喻上的时间距离，因此动词"安睡"也暗示人生旅途的终点——死亡。回头看黄远雄的《家务事》最后一节的重叠句，其实也有类似的效应。第一句表示"阴霾"只是短暂的现象，转眼间就会消失；第二句多了个"都"字，承上一句使

“阴霾”的意义更形繁复，包括任何批评、质疑及挑战等。这两句诗行虽然前后重叠，意义却显然略有调整。

《家务事》一诗最精彩的部分当属最后一节的最后三行诗。这三行诗语言平淡自然，连接起来甚至仿如散文句子，不过却是力道极重的诗行。诗人之前既以指涉净盟暗示这首诗的政治意涵，最后这三行诗的政治性联想已无可避免。熟知马来西亚政治与社会现况的人可能要问：诗中说话人的“我”是谁？过去数十年是谁“这般耍赖地混过来的”？是哪个政党？哪个政权？何以在千夫所指之下，这个政党——以及这个政权——可以依然故我，为所欲为？类似的疑问所在多是。这是黄远雄以诗论政的特色：这一类诗不在提供答案，其效应往往在激发读者的想象与疑惑。而且几无例外，这样的诗所指涉的就是黄远雄赖以安身立命的现实时空。萨拉玛戈（José Saramago）在其晚年出版的《笔记本》（*The Notebook*）一书中，有一则札记（二〇〇九年五月十九日）专谈乌拉圭诗人贝内德蒂（Mario Benedetti），在他看来，贝内德蒂短短数句诗所要表达的，往往比官方所看到的还要丰足。黄远雄这几行诗是另一个明证。

四

黄远雄早年有一首自况的诗，诗题《走动的树》，题目本身显然故意诉诸矛盾修辞法（oxymoron）。这首诗隐含挣脱束缚、追求自由的欲望，对未来与未知充满了向往。树根植于土地，万无走动的道理，这是有违自然法则的。正因为如此，这首诗利用这种矛盾现象将希望寄托于奇迹：“希望残墟的视线里/有一座奇迹/屹然出现”。另一首写于一九九九年的《要去流浪的树》，用的也是类似的修辞法。在这首距《走动的树》十余年后完成的诗里，我们看到的是另一幅令人心酸的悲惨景象：奇迹不见，希望幻灭，树在“离开成长的盆地/离开庇护的温床”多年之后，有一天“拎着残存的须根/划着单薄的浮萍”回到树林故土。诗的最后一节虽然只有短短四行，却充满了戏剧性与震撼力：

所有的树
被当前的景物
掩脸，震撼
大声痛哭

这几行诗自身俱足，不写迷途知返的树，却回头状写众树对眼前景象的自然反应：可以想象整座树林一时之间一片哀嚎，哭声震天，闻者心痛。

我引用这两首诗目的不在论证黄远雄这十余年间心境的变化，我的兴趣在于诗中树的意象。如上所述，树在土地生根，茁长，不过在黄远雄的诗的想象世界里，树不能自囿于自己生长的土地，树必须外求，必须出走，必须寻找新的树林，体验新的生活，开拓新的世界。黄远雄最好的诗除了语言鲜活之外，不论叙写爱情、亲情、乡情、土地之情，或家国之情，无不根植于现实世界与生活土壤。他的许多诗所透露的关怀始终紧扣马来西亚的现实，不过这些关怀又不全然囿于马来西亚的时空，放大来看，其实还涉及普遍的人的生存处境。尤其黄远雄中年以后的诗，这个现象相当常见。

这也是我之所以借花献佛，将这篇序文题为《走动的树》

的原因。在《诗在途中》这本诗选集所收的九十九首诗中，我们看到黄远雄四五十年来在诗创作上不同阶段的转变，只是万变不离其宗，他的诗不论抒写个人或者叙写集体，无不指向诗本身之为事件的现象，之为语言活动的历史经验。这篇文字显然远远逾越序文的文类规范，在细读黄远雄大部分的诗作之余，我尝试借由远观近看，较全面地考察他的诗的成就，即使如此，这篇序文所能讨论的诗作数量毕竟有限。不过纵使以管窥豹，我希望这篇文字仍然有助于打开黄远雄数十年来经之营之的诗的世界。

黄远雄念旧，多次在诗文中提到我们年轻时认交的经过。近半个世纪之后，我有机会以读者兼老友的身份为他的诗选集写序，除了因缘之外，主要还是因为他数十年来对诗的坚持。张锦忠在《与远雄同行，继续》一文中，赞扬黄远雄为“以华文书写的华裔马来西亚诗人继续写下去的典范光源”，显然并非过誉。

二〇一四年七月二十七日于台北

诗所为何事？

——沈璧浩的诗

一

八月四日清晨抵达伦敦，入住伦敦大学的宿舍后，我略事休息，顺便翻阅当天伦敦的早报，原来这一天是英国向德国宣战、正式参加第一次世界大战一百周年纪念日，官方与民间的纪念活动不少，纪念的主调除了“前事不忘，后事之师”之类的历史教训外，也借机顺便缅怀旧日帝国的荣光。报纸的另一则大新闻却是保守党籍的伦敦市长大事抨击其同党首相在最近以、巴冲突中所持的立场，他对英国政府坐视以色列屠杀巴勒斯坦平民百姓大表不满。在一战百年纪念的重要时刻，突然听到一位保守党的政治明星表示不耻以色列所为，不论动机为何，仍不免令人耳目一新。

当天夜里就在异国的灯光下，我翻阅沈璧浩的诗稿《都市录》（新加坡：草根书室，二〇一五），诗稿里有数首与战争有关的诗。读这些诗顿时让上述与战争相关的新闻产生新的意义。百年倏忽，人类在这百年间除了不断更新其杀人武器之外，究竟还学到什么教训？百年来世界仍然纷扰不安，冲突不断，依旧是个弱肉强食、残暴不仁的世界。

沈璧浩这些战争诗写于一九六〇年代末期，而且都与越战有关。最早的一首《血光》写于一九六九年，越战正值高峰，而且在空间上距诗人所住的新加坡不远，越战的新闻更是几乎无日无之，有些新闻图文并茂，稍微敏感的人都免不了会受到这些新闻触动。当时美国舆论的流行说法是骨牌效应，即失去南越，整个中南半岛甚或东南亚将陆续遭到赤化。写《血光》时沈璧浩还是一位高中学生，就诗论诗，我们看不出诗人所持的意识形态立场。不过这时候的沈璧浩已经开始稍稍展现其历史意识，而历史意识正是他日后以诗记录新加坡地理与社会变迁的基础。在《血光》一诗里，诗中说话人语带批判地表示："历史不断战争/战争绝症如瘤"。诗的第二节抒写战争之荒谬无稽，很难想象这些诗句出自一位初履诗坛的青少年之笔：

所有的母亲都哀泣
呆望着孩子的后影
在陌生者面前染血
所有作战的
死后犹念错异域的名字
许多野战死者
许多都不相认识
怒目相对的，是
两面旗帜的不同构图

沈璧浩在诗末附记中自注，"所有作战的/死后犹念错异域的名字"二句并非无的放矢。当时美国总统詹森有一次向士兵演说，就把越南误念为另一个国家的名字。其实即使没有詹森总统的口误，在战争兵戎相见的，不都是互不相识的一群人？这一节诗可说写尽战争的荒谬本质。

《血光》的重要题旨在表达战争的荒诞无奈，用沈璧浩自己的话说，这首诗主要在向战争提出控诉："没有任何政治情绪，而纯粹是由人道考量所推动"。另一首同样抒写越战的《灾》则大异其趣。《灾》批判性强，其批判立场相对而言鲜明得多，沈璧浩在诗的附记中有这样的自剖："越战让我看到当时的越南人民，在用眼泪播种，用白骨插秧，用湄公河的血水，灌溉着农田。当稻米成熟时，为他们收割的，是头戴钢盔，钢盔下飘着金黄色头发的美国人。"这一段话等于为全诗作注，不仅转述了诗的主要内容，同时清楚标明诗人的批判对象与其批判立场。年轻的沈璧浩透过诗行表达了他对越南人民的同情，整首诗刻意提醒我们，美、越双方强弱势力悬殊之外，双方扮演的角色也大可玩味。在诗人笔下，越南农民是播种者与生产者，辛勤耕作，只求收成，完全是正面的角色。美军则明显是破坏者与毁灭者，越海而来，以坦克，以战机，残忍而蛮横地毁掉越南农民的劳动成果。整首诗的结构建立在强烈的对比上，虽然不涉意识形态，但是诗行间所隐含的人道关怀呼之欲出。诗的最后一节道尽越南人民的辛酸与无奈，是对战争的严正控诉，《灾》也因此是一首旗帜鲜明的反战诗：

灾患之后，尸蔽遍野
像碎谷残丘
在那越海的人
枪口寸地

我们度过了一个又
一个荒年

这种反战的题旨在一九七〇年所发表的《河的印象》更显露无遗。《灾》的主体是农作物，《河的印象》则直接以人为对象，叙写湄公河上血水浮尸的悲惨情景。诗中的湄公河被拟人化为慈母，敞开胸怀，以“母性的慈光”含悲地送别无数子民。诗的第三节是这样的：

灿红的胸膛
都依偎在你的胸前
你母性的慈光，像月魄
薄薄披在，那些
双手反绑的灵魂上
送他们归向
大海的故乡

现在重读沈璧浩写于四五十年前的反战诗，我们这些成长于一九六〇年代的同一代人很容易就回到当时的历史场景。我们不一定得亲临战场，越战却是我们的共同记忆。一九七五年美国战败，南北越统一，当时甚嚣尘上的骨牌效应并未发生；历史的反讽是，如今美国又以资本主义的另一种面貌重临当年饱受其凌辱的越南大地，而当年出钱出力、流血流汗义助北越抗美的中国与越南的关系也历经波折。沈璧浩诗中所描述的场景虽属越战，三四十年后，物换星移，只是世人善忘，历史总是自我重复，类似的场景又出现在阿富汗与伊拉克的土地上。

曾经兵败的美国这几年一再宣示要重返亚洲，其实日、韩美军基地及其太平洋舰队一如从前，美国何曾离开过亚洲？

二

沈璧浩这些反战诗虽然完成于越战的高峰时期，但是这些诗的生命不会只停顿在越战当时。若问“诗所为何事”，我们等于认知诗之为事件（event），正因为是事件，诗才能有所为，才能产生后果，引发效应。沈璧浩的反战诗不仅为自己留下一份年轻时的感情纪录，事过境迁之后，今天重读，这些诗仍不失其当下的意义，一方面召唤我们对越战——乃至于冷战——的共同记忆，另一方面提醒我们美国介入亚洲事务的悲剧。反战诗原本就是一种介入型的诗，诗人多半具有强烈的欲望，企图以诗表达其反战立场，与乎对战争的抗议，像这种类型的诗不可能一派天真无邪，故作轻松。《论语·阳货》篇说，“诗可以兴，可以观，可以群，可以怨”，反战诗多能发挥这些功能与效应。

沈璧浩在一九六八年发表第一首诗，两年后的一九七〇年八月，新加坡的五月出版社推出《新加坡十五诗人新诗集》，这十五位诗人当年我多半认识，沈璧浩即为其中之一。他并非多产，从上个世纪写到这个世纪，停停写写，始终不忘写诗的初衷，多年来仍不时有诗作发表，《都市录》收诗三十二首，可说是他这些年来诗创作的精选集。

除了反战诗外，沈璧浩早期——特别是一九七〇至一九八〇年代——的诗多半在录写他所熟知的新加坡乡土面貌与社会经济变迁，诸如《黄昏后》《海边》《金鱼》《足印》《组屋的夜》《夜》《老人》《河》《废堡》《中午》《都市录》等诗都有这些特色。沈璧浩都为这些诗补写附记，这些附记相当重要，附记所提供的线索有助于读者了解诗的背景，这些背景又多属新加坡业已消失无踪的旧日面貌。这也间接说明了沈璧浩这些诗的历史重要性。这些诗不仅以诗的身份存在，亦且在无意间见证了新加坡的地貌变化与社会发展。这些诗的主要题旨或在感叹时间的流逝，或在追忆空间的改变，在今天看来，仿佛是在伤悼新加坡的过去，就像《金鱼》一诗开头第一节所透露的：

> 风景这样美丽
> 这样便忘了
> 昨日。昨日
> 溪涧的故事
> 风的血
> 和雨的泪

写于一九七一年的《河》是一首即景诗，语言质朴，构思富戏剧性，诗中的新加坡河被拟人化为一纯朴女性，甚至身有异味，非但不拒河中的卑微生命，且对河上活动的劳苦大众寄予同情。诗的最后两节这么写着：

> 真正爱你的是穴居的海蟑螂
> 和你身旁守候的小石柱
> 他们迷恋上风里
> 你那浓郁的体味

而你，
为了一艘
撑伞的舢舨失踪了
就伤心的哭了一个晚上

沈璧浩在诗的附记中提到，他所“怀念的新加坡河，不是现在我们看到那条河水碧绿，河畔歌榭餐馆林立的新加坡河，而是那条散发着浓郁刺鼻的河水气味，在细雨纷纷的天气里，还能看到老船夫撑着雨伞，划着小舢舨，在河中讨生活的新加坡河”。将附记与诗对照着读，我们发现两者已经形成一个整体，今昔对比的结果使得原诗产生新的意涵。《河》不再只是一位年轻诗人叙写新加坡河生命的诗，随着时间的嬗递，这首诗意外地见证了新加坡河的蜕变，这个蜕变的过程正好也是新加坡近数十年历史进程的缩影。值得注意的是，沈璧浩诗中的新加坡河，正如诗的最后一节所示，曾经是一条包容、慈爱而充满悲悯的河，只可惜“河畔歌榭餐馆林立”之后，这一切已经不复可见。

这样的感叹果然见于十年后，即一九八一年所完成的《中午》一诗。经过了十年，沈璧浩的诗语言益形精练，并略显含蓄，诗虽写新加坡河，但已不是十年前乃至于他童年时代所熟悉的那条河。且看诗的最后两节：

河的对岸
你断脐的地方
一条飘逸的
白云

骤然摔下
碎成两只不堪入目的
弃船

再回来的时候
两岸停泊的
大咕
和
舢舨
正说着一种
患上严重痼疾的
华语

敏感的读者不难发现，这两节诗涉及视觉与听觉，而且都以负面的意象收尾。诗中说话人既眼见“两只不堪入目的/弃船”，又耳闻“患上严重痼疾的/华语”，眼前的新加坡河显然若有所失，与《河》一诗所抒写的那条慈爱、宽容的河流差异很大。繁忙的新加坡河已经逐渐失去往日的悠闲，倒影在河上的白云也已经无法成形。整个新加坡社会正在迅速蜕变，过去流通的语言也因国家语言政策的改变而沦为痼疾。不论借由明示或者暗示，在《中午》一诗中，新加坡河的面貌正在改变，语言哀伤，充满惆怅，诗不只是在记录一段失去的岁月，也是在悼念一个时代的消失。班雅明（Walter Benjamin）说的，正在消逝的顿然意象。这正是诗中新加坡河的写照，也是新加坡整个历史发展进程的象征性缩影。

诗所为何事？正如同沈璧浩的反战诗那样，这些诗除了是美学客体之外，显然还有其他作为或功能。这些诗一方面寄托了诗人的怀旧情绪，一方面更为一个急骤变化的社会留下难得的纪录。亚里斯多德在《诗学》（*Poetics*）中早就说过，诗比历史还要真实，信然。

三

《都市录》收有沈璧浩写于二十一世纪的几首诗，俱完成于二〇〇六年与二〇〇七年间。《河的往事》是整本诗集中最长的一首，分三大部分，共九十一行。事隔约四分之一世纪后，沈璧浩又重写新加坡河——这条看着他长大、成年，并微入老年的河无疑是他挥之不去的执念。诗题《河的往事》清楚说明这是一首悼念诗，诗的题旨在追忆新加坡河早已无影无踪的过去。诗人仿佛在废弃的仓库中找到遗忘多年或封尘已久的底片，重新剪辑、整理，尝试重建新加坡河与其码头的生命纪录，有笑有泪，有苦有甜，有满足，也有无奈，这是个混杂着各种庶民生活的真实世界，充满了无穷的生命力。

沈璧浩的用心当然不只在叙写新加坡河的过去岁月，新加坡河的生命同时交织着整个国家的历史沧桑。《河的往事》第三部分第二节以跳接的方式简述新加坡所经历的坎坷岁月：

对岸一列躺着的旧货仓
仍然披盖着那件由英国人缝制
经日本人钉补
斑斑剥剥
破烂不堪的旧外套

刚刚学会自治的新加坡人
没时间来得及为他更换上新装

这一节诗带有清晰的后殖民色彩，提醒我们新加坡遭遇英、日帝国主义者蹂躏的血泪历史，披着残破的历史外衣，新加坡蹒跚站立起来，寻找自己的身份，建立自己的主体，并尝试书写自己的历史。像我和沈璧浩同一代的人都亲眼目睹新加坡如何摆脱英国的殖民统治，如何成为马来西亚这个新兴国家的一员，又如何被以马来民族主义者为主的权力集团逐出马来西亚，在惊慌失措中被迫勉强独立建国。历史跟新加坡开了个不小的玩笑，这其实是个无意独立建国——至少不是目前的形式——却不得不独立建国的国家。“没时间来得及为他更换上新装”一句虽然明写多次易主、命途多舛的旧货仓，其实相当传神地暗示新加坡匆促建国的历史经验。

不过像《河的往事》这样的一首诗，理解其表面所叙写的过去种种虽然重要，只是这样的读法可能仍有欠缺。摆在《都市录》诗集的脉络来看，《河的往事》以较大的规模总结了沈璧浩许多诗的主要关怀，这些关怀又多半涉及新加坡过去数十年来的社会变迁与都会化。在中年之后，已经是资深诗人的沈璧浩以《河的往事》重述新加坡的旧日沧桑，不应该只是简单的自我重复而已。读诗的方法很多，像读《河的往事》这样的一首诗，我们或许还要问：沈璧浩何以要借《河的往事》再一次写新加坡河？诗人何以要悼念新加坡河的过去岁月？换句话说，我关心的是，在叙写新加坡河的沧桑岁月之余，诗中没有明说的又是什么？

沈璧浩写诗始于一九六〇年代末期，正当新马华文现代诗努力开疆辟土、力争上游的时候。虽然有四五十年的诗龄，但是由于曾经停笔一段时间，他的产量不能算多，品质方面却因此反而受到良好的控制。尤其是二〇〇六年以后恢复创作的那几首，语言收放自如，诗的题材更为多元广泛，视野也不局限于新加坡一时一地，对生命存在的意义也有了更复杂的体验或领悟（像《如吹过的风飘过的雨》《禅心》等）。简单言之，《都市录》诗集中的几首近作所展现的是一位诗人的成熟自信。诗所为何事？《都市录》在书写新加坡的美丽新世界时，更不断地召唤那个逐渐退隐或早已形消于无的旧世界。沈璧浩的用心数十年来前后相当一致，一个国家不能没有历史，没有文化，有的国家在现代性的迷惑下，为了物质建设，为了经济发展，不惜摧毁历史和文化，造成严重的精神灾难。《都市录》诸诗鲜少激进的批判，却也对都会化所带来的后遗症表示强烈的不满。发表于二〇〇六年的《无奈感慨》一诗第二节就充满了诸多的疑惑：

谁在破晓时刻为它扭开了音响
一大清早
呼呼呼呼从窗口经过的声音里
怎么样也分辨不出
哪些是车声？
哪些是风声？
多少又是昨夜留下的耳鸣
怎么样也分辨不出

这样的一节诗已足以回答“诗所为何事”。《都市录》中类似的实例不在少数。诗或许没有剑及履及或立竿见影的效应，不过诗人无须妄自菲薄，与其他文类一样，诗的功能在记录，在悼念，在激发思考，在解放。《都市录》中众多的诗都能发挥这样的功能。沈璧浩在诗集的《自序》中表示，这些诗“除了真实记录下我个人在不同人生阶段中的心路历程，也同时展现了这半个世纪以来，社会风貌的变迁。眼前的诗，虽是一排排的文字，却更像是一张张的相片。有图像，也有颜色。相片里有我，也有我当时身处的环境为背景。把它们依附时间顺序编列在一起，像一本个人相簿，也像一部让人窥看到过去社会风貌变迁的画册”。《都市录》证明沈璧浩一直拥有自己的声音，这虽然是他个人的第一本诗集，但是不应该是唯一的或最后的一本，我们有理由相信，《都市录》只是他的诗创作的另一个开始。

二〇一四年八月十六日于伦敦

短歌行

——曾美玲的《相对论一百》

曾美玲的《相对论一百》（台北：书林出版社，二〇一五）是她多年创作短诗累积的成果，有部分曾收入她之前的诗集，这次以中、英双语对照的方式出版，我们才有机会一窥全貌。这一百首诗在修辞上或以正反，或采对比，旨在突出相对论形式的特色，很见巧思。而在题材上，这些诗更是繁复多样，几近包罗万象；在曾美玲笔下，不论言志或者载道，自然、生命、情感、生活、世事、道德、宗教、历史等莫不可入诗。曾美玲写诗多年，出版有诗集五册，且多次荣获诗奖，创作已能做到来去自如，因此取材宽广，自由自在，近乎“万物静观皆自得”。

她有意识地经营相对论的短诗形式已非一日。在过去出版的《囚禁的阳光》《午后淡水红楼小坐》及《终于找到回家的心》等诗集里，她曾经一再说明自己如何试验相对论短诗。譬如在《囚禁的阳光》的《后记》中，她这么说：“在‘相对论’里，我尝试一种新的形式与内容的结合。让凌乱破碎的人生感悟，繁复抽象的思维，借由相对的意象，短小的形式表现，化繁为简的过程中，对于生命与自然，也渐渐养成多角度的关照和深层思考。”显然，对曾美玲而言，相对论短诗不仅是创作的目的，同时也是个过程——是以简驳繁、建立秩序的过程，希望以对比的意象与短小的形式抒写生命的体验与抽象的思维。从这个角度看，曾美玲的相对论短诗可说是一种诗的意志的实践。

不只如此，有时候她甚至尝试以诗论诗，叙写她对诗创作的体验。譬如在《创新与怀旧》一诗中，她写道：

向前是后现代的解构拼贴
往后是旧传统的修辞声韵
在创新与怀旧的路口
徘徊着诗人的沉思

这首诗直写诗人在创作上陷入踯躅不安的困境，究竟要如何在传统与现代之间摸索新的创作道路。就诗论诗，这首诗理路相当清楚，反而少了回旋或回味的空间，远不如另一首也是谈诗的《沉默与言语》：

沉默是含苞的花
言语是盛开的花
至于半开的花
是一首耐读的诗

曾美玲以花的意象统摄全诗，并以语言的状态呼应时间的变动，可是这首诗既非写花，亦非写语言，更非写时间，这首诗的目的反而在解答何谓“耐读的诗”。这样的诗应该像“半开的花”，似开未开，似未开却又已开。美国现代诗人桑德堡

（Carl Sandburg）论诗时也有近似的看法。他说：“诗是一扇门的开启与关闭，留待窥探其内的人揣测那瞬间所见为何物。”换言之，就在门的一开一关之间，诗在其中矣。“耐读的诗”因此必须含蓄，最忌过度外露，但也不是晦涩封闭。曾美玲这首诗以诗论诗，隐含诗人对创作的深刻体会，非常值得回味。

我少年时代初识短诗，读过不少泰戈尔、冰心等人的作品，结果留下这么一个印象，以为短诗必重哲理。有些诗人“语不惊人死不休”，为的也就是要突出诗中的哲理。这个哲理大概等同于曾美玲所说的人生感悟或抽象思维。诗含哲理不能视之为病，但若稍有不慎，走火入魔，却可能落得但见哲理，不见诗意，对诗造成严重的伤害，甚至可能诗不成诗。美国意象派诗人麦克里希（Archibald MacLeish）在他一九二五年的一首名诗《诗艺》（“Ars Poetica”）结束时这么写道：

诗不应该示意
只应该存在

《沧浪诗话》也说，“羚羊挂角，无迹可求”，又说“言有尽而意无穷”，无不是在提醒诗人，诗之为诗，显然不在说明，不在阐述义理。简单言之，诗只应以客体存在，自身俱足，不应该沦为说理的声明文字。曾美玲最好的相对论短诗可以说是麦克里希诗艺理念的实践，十分难得。

在我的印象中，《相对论一百》以写自然与生命为大宗，即使若干写自然的诗，也多赋予生命的意义。譬如《玫瑰与小草》《山与云》《海浪与贝壳》《大树与小鸟》《花蝴蝶与毛毛虫》《小河与石头》《小草与大树》等诗，看似状写自然界的各种现象与变化，实则多半意指时间与生命的嬗递。譬如《晨曦与落日》一诗：

世人竞相歌颂
晨曦初生的容颜
是谁屏息以待
落日庄严的退场

这首诗以两种情境的对比道尽生命的反讽与无奈。晨曦的初生与落日的退场虽是自然现象，但也隐含生命的律动；朝阳与落日原是极为常见的人生比喻，只不过在曾美玲的诗中，这个比喻却又多了一层人情冷暖与世态炎凉的感叹。如果说这首诗还有另一层次的社会意义，曾美玲似乎有意借此为年长者表达微弱的抗议。类似的微言大义还可见于《小鸟与斜阳》《群花与石头》《摇篮与坟墓》《花》《小草》《流浪与守候》《小舟与大海》《上升与坠落》《含苞与凋谢》等诗。这些诗或多或少是在捕捉自然界恒常的变动，曾美玲却在这样的自然现象里看到可能的人生意涵。所谓一沙一世界，短诗虽小，其可经营的世界却不容小觑。

也许是因为个人信仰的关系，曾美玲这百首相对论短诗中也有若干与宗教有关。这些诗涉及信仰的彷徨与喜乐，有的还颇富戏剧性。像在《撒旦与上帝》一诗中，我们看到诗人如何“在诡谲的黑夜丛林里/四处寻找真理的星光”；而在《战争与和平》里，个人的信仰则被升华到人类的永恒追求，撒旦与上帝分别代表战争与和平，象征着报复与祝福、摧毁与重建的对立力量。这一类短诗固然投射着诗人个人的信仰，不过在信仰之外，多少也透露了诗人对和平世界的向往。

与个人信仰相关的是一组诠释生死的诗，诸如《生与死》《婴孩与老人》《死神》《摇篮与坟墓》《花》《虚幻与真实》《出境与入境》等。基本上，这些诗刻意凸显生的艰苦与虚幻，并反衬出死的豁达与解脱，就如《摇篮与坟墓》一诗所总结的那样，“背着满箩筐夕阳的回忆/向坟墓归去”。我们试以《婴孩与老人》一诗进一步说明：

紧闭哭泣的眼睛
婴孩抗拒晨曦的初吻
拥抱平静的夕阳
老人含笑道别

这首诗在题旨上可视为《摇篮与坟墓》一诗的变奏，两者甚至重复使用夕阳这个意象；不过这首诗更让我们想起前面已经提到的《晨曦与落日》一诗。这两首诗所部署的主要意象——晨曦与夕阳（落日）——完全一样，只是《晨曦与落日》结束时所表达的微弱抗议，在《婴孩与老人》里却为平和、安详、接受的心情所取代。这么说并无境界高低之分，其间所透露的隐然是诗人面对生死时可能的不同心境。

我把这篇短文题为《短歌行》，显然受到曹操的启发。《相对论一百》中有一首《遗忘与牢记》，旨在写人世的悲欢离合，最后两行诗句是这样的：“人生如此短促/何妨举杯高歌?”一千七百多年前曹操横槊赋诗，吟唱其传诵千古的《短歌行》，其实早已有类似的感怀：“对酒当歌，人生几何？譬如朝露，去日苦多。”当然曹孟德雄才大略，心系天下，他的诗所展露的胸襟与气概，曾美玲的短诗无论如何不能类比。只是我将曾美玲的《相对论一百》读之再三，我觉得其中有不少称得上玲珑剔透、自成世界。这些诗的形式与结构受到层层限制，就如闻一多说的，“戴着脚镣跳舞”，是对诗人很大的考验与挑战。我因此大胆借用曹孟德的诗题，称曾美玲这些短诗为新试验的“短歌行”，看似唐突，但仔细想想，谁曰不宜?

二〇一五年四月二十九日凌晨